잃어버린 첫사랑

麥 醉 : 강평원

잃어버린 첫사랑

2006년 7월 20일 초판 1쇄 찍음
2006년 7월 30일 초판 1쇄 펴냄

지은이 강평원

편집 디자인 정은영

펴낸이 김영길
펴낸곳 도서출판 선영사
주 소 서울시 마포구 서교동 485-14 영진빌딩 1층
전 화 02-338-8231~2
팩 스 02-338-8233
이메일 sunyoungsa@hanmail.net

출판등록 제02-01-51호(1983년 6월 29일)

ISBN 89-7558-846-7 03810
ⓒ 강평원, 2006

잃어버린 첫사랑

麥 醉 : 강평원

작가의 말

바야흐로 21세기는 '문화의 세기'로 불리고 있다. 한 나라의 번영을 기약하는 근원적인 힘은 그 민족의 문화적 · 예술적 창의력에 달려 있다고 해도 과언이 아니다. 문화적인 바탕이 튼튼해야만 정신적인 일체감을 이룰 수 있을 뿐만 아니라 물질적인 발전도 가능하기 때문이다.

진정 '문화의 세기'를 맞으려면 문학을 살려서 준비를 해야 한다. 문학이 모든 문화의 핵심이기 때문이다. 문학이 없이는 아무리 문화 · 예술을 발전시키려 해도 발전되지 않는 법이다. 문학은 새로운 문화를 창조하고, 역사를 앞서기 때문이다.

볼테르나 루소의 작품은 프랑스대혁명의 도화선이 되었으

며, 톨스토이나 투르게네프의 소설이 제정 러시아에 커다란 충격을 주고, 입센의 《인형의 집》이 여성운동의 서막이 되었으며, 스토 부인의 《엉클 톰스 캐빈》은 미국 남북전쟁의 한 발화점이 되었듯이 말이다.

인류는 문학을 통해 사회 공통의 예의와 질서를 익히고, 조화를 해치지 않는 사람이 되도록, 거칠어지기 쉬운 심성을 다듬어 왔다. 문학을 통해 자기만의 좁은 세계를 벗어나, 다양성을 포용하며 살도록 사고의 폭을 넓혔고, 그로 인해 창의력이 움트고 도전 정신을 고양시켰으며 지혜를 성숙시켜 왔다.

그래서 가난하고 배고픈 문인들은 어제도 오늘도 골방에서 피를 찍어 쓰는 고통을 감내하며 작품에 매달리고 있는지도 모른다. 쨍 하고 해뜰 날을 기다리면서!

이웃 나라 중국은 문인들에게 대학교수 봉급을 주고, 우리보다 후진국인 필리핀에서는 시집 한 권을 출간해도 먹고 사는 것이 어느 정도 해결이 된다고 한다. 그러나 우리 나라 문학계는 일류 프로라는 소설가들도 먹고 사는 데 힘이 들고, 시인들은 여러 권의 시집을 내고도 먹고 사는 데는 전혀 도움이 안 될 뿐만 아니라 울며 겨자 먹기 식으로 대다수가 자비 출판을 하고 있는 실정이다.

돈 안 되는 시를 써 출판하려니 너무나 억울하다. 비단 필자만이 가지는 자탄의 소리가 아니라, 어느 장르 할것 없이 이 시대 문인들의 감정일 것이다. 그동안 먹고 살기 위해 장편 소설에 전념해 왔는데 생뚱맞게 시냐? 할 것이다.

지역 문인으로 생활하다 보면 여러 곳에서 원고 청탁이 들어오는데, 그때마다 소설을 쓸 수가 없어 시를 쓰곤 했었다. 그래서 모아진 시가 한 권 분량이 되었다. 문인이 자기 작품을 버린다는 것은 붓을 꺾어 버림에 비유할 수 있다. 그래서 출간할까 말까를 두고 고심을 많이 했다.

그러나 일단 출간하기로 마음이 굳어지자 두려움이 앞선다. 한편으론 남의 밥상을 넘보는 것 같기도 하고, 다른 한편으론 아직 성숙된 글이 아니어서이다. 그동안 장편소설을 많이 써 왔던 터라 짧은 시를 탈고하면 어딘가 모르게 부족한 느낌이었던 것이 사실이다. 그러나 막상 시를 쓸 때는 시 한 편에 소설 한 편이 함축될 수도 있겠구나 하는 생각도 들었다.

2002년 2월 13일 구정 일에 KBS 1 라디오에서 이주향 교수가 진행하는 〈책 마을 산책〉이라는 프로에서 국내에서 출간된 책 중에 가장 고향 생각이나게 하는 책으로 나의 중편소설《늙어가는 고향》이 선정되었는데, 거기에 실린 〈쓸쓸한 귀향길〉이라는 장시(長詩 미국 샌프란시스코 교민방송에서 낭송시간 27분) 가 어머니를 그리워하는 장편소설 한 권 분량의 내용이 함축된 것이라는 내용을 30분간 특집방송을 한 적이 있다.

그때 필자는 시의 대중성을 매우 심각하게 생각했었다. 시 쓰기란 역시 고도의 문학적 작업이지만, 국내 시인이 1만 명이 넘는다니 잘못 쓰다간 남의 시 표절 시비도 일어날 수 있겠구나 하는 생각을 떨쳐 버릴 수가 없었다.

한 사람당 100편을 썼다 해도 100만 편이니 그 많은 작품 중에 우연히 똑같은 문체가 있을 수 있는 게 아닐까. 흔히 작가들이 글을 쓸 때는 비유와 상징 등 똑같은 문학적 수사법을 동원하므로 짧은 시에서 똑같은 시어는 자칫 표절의 시비를 일으킬 여지가 없지 않으므로 더욱 시 쓰기가 두렵다.

글을 써온 지 7년 동안 장편소설 10편(15권)을 출간하고 베스트셀러도 1권을 탄생시켰다. 그간 6곳의 출판사에서 출간했는데, 출판사에서는 돈이 되는 책을 집필하라고 요구했다. 다시 말하면 잘 팔리는 책을 집필해 달라는 뜻이다.

게다가 시(詩)는 어려운 어휘나 문체를 쓸 경우 신세대에겐 외면당하는 원인이 된다며 조금 쉽게 쓰라고 했다. 그러자니 "운문인지 산문인지 구분 안 될 정도로 밋밋한 문장이 돼 버려 작품으로 내세울 수가 없다."고 하자, 뜻글인 한문에 주석을 달지 않은 채 한글로만 쓰면 그 뜻을 모르니 읽다가 그만 던져 버린다는 것이다.

그러니 독자가 없는 필자들만의 책이 된다는 얘기다. 독자가 없는 책은 책이 아니라는 말이다. 짧으면 시냐? 아름다운 문체만 들어가면 시냐? 지금 세상은 인터넷으로 몇 초 만에 지구 반대편의 소식을 접하는 시대이다. 글을 읽다가 이해를 못해 사전이나 옥편을 펼쳐 찾아보는 느긋한 마음을 가진 독자는 없다는 말이다.

참으로 안타까운 일이 아닐 수 없다. 그러면서도 한편으로는 어쨌든 시대에 발 맞추어, 시대의 흐름 속에서 글을 써야 한다는 명백한 사실을 깨달았다. 그러므로 작가가 독자를 끌어모을 수 있는 길이란 오직 만인의 공감을 받을 수 있는 좋은 글을 써서 세상에 내보내는 것이다. 좋은 작품으로 평가되는 책을 읽어보면 하나같이 공통점이 있는데, 그것은 독자들의 감성을 깊이 자극하고 공감을 불러일으키는 내용이 강하다는 것이다.

독자와 공감할 수 있는 작품을 쓰기 위해 나는 오늘도 자판을 두들기고 있다.

차 례

사랑노래, 그 대중성

-강평원의 시집(잃어버린 첫사랑)평론

잃어버린 첫사랑

麥醉 : 강평원

(부제 : 슬픔을 눈 밑에 그릴 뿐)

1

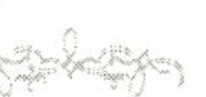

잃어버린 첫사랑

나 따스한 당신의 손 놓아줄 때

안녕이란 말을 남기고 돌아서는 눈가에

작은 눈물 맺힘을 보았습니다.

고개 숙인 채 길가 작은 돌 걸어차며

걸어가는 뒷모습

봄비 맞은 병아리 날개처럼

두 어깨 축 늘어뜨리고

뒤돌아보지 않은 채

신작로를 걸어간 뒤, 여러 날이 지난 후

꿈과 첫사랑은 이루어질 수 없어

더욱 아름답다는 말은 거짓인 줄 알았어요.

이슬진 눈망울 따스하고 다정한 손길

떠오르는 선명한 얼굴 윤곽

나 죽기 전 결코 잊지 못할 모습

귓가에 잔 울림처럼 재잘거림 목소리도
이제 당신의 환상과 같이 지웠노라고
쓸쓸한 변명을 하였건만
가슴속 깊은 곳에 묻어둔 애절한 그리움이
기억 속에 홀연히 되살아나
굳게 닫은 내 마음속에 녹아내립니다.
잊으려, 잊으려고 애를 쓰건만
그리움은 암세포처럼
마음 한구석에 증식해 나감을 어찌하오리.
또 다른 변명과 모순을
이 애틋함과 슬픔으로 가득 찬 시린 가슴속에
그 아픈 첫사랑이 그리워져 옵니다.

2

인 연(因緣)

그리도 슬픈 일인가요

나에게는 아무 일도 아닌 것을.

만남과 헤어짐을

그리도 슬퍼만 합니까.

나와 만남이 당신의 삶에

또 하나 작은 흔적을 남긴 것을

가슴 아파 하지 마오.

어차피 인생이란

이별의 연속이 아니던가요.

뭐— 그리도 슬퍼만 합니까.

동틀 무렵 잠시 손잡았다가

해질녘 잡은 손 놓고 가는 것처럼

짧게 살고 가는 인생인 걸

지내온 시간들이 아쉽고 짧았다고

그리도 애달피 웁니까.

삶의 한 귀퉁이에 잠시 서성거리다

언젠가는 혼자서 떠나는 게 인생인데

그렇게도 슬프게

작은 어깨 들썩이며 서러워합니까.

당신과 만남은 인연인 걸

처음부터 우리는 남남이 아니었던가요.

3

첫사랑 Ⅰ

어딘가 존재할 내 사랑 얼굴이

아픈 가슴을 어루만지며

수많은 밤을 뒤척이게 하였습니다.

사랑한다 말 못하고 떠나보낸 후

기억 끝에 서성거리는 그대 모습이

따라오지 않는 그림자처럼

슬픈 추억의 잔해를 심어 놓았습니다.

보고 싶어 가슴은

타는 불꽃이 되어도

아무렇지도 않는 듯 살아왔습니다.

그 수많은 슬픔의 날들을

나 홀로 있어도 슬프지 않을 수 있기까지

얼마나 더 눈물을 흘려야 합니까?

창 틈새 달이 그대 얼굴 닮아

슬퍼서 눈물을 흘려도 베갯잇을 적시지 않고
기다리는 법도 배워 버렸습니다.

─만나면 헤어지고 헤어지면서
   또 만나자는 기약은 아니하였건만

편지 I

잊지도 못하면서 이별 편지를 쓰던 밤이
아득히 멀어져 보이는 그리움의 세월에
이젠 잊었나 보다 하고 창가에 서 보면
푸른 하늘처럼 고운 그대 두 눈이
밤하늘 숲을 가꾸며 허공에 떠 있습니다.

사랑한다는 말 한 마디 못하고
안녕이란 마지막 이별의 말이
추억이 되어 버린 이 시간,
이젠 지나간 일이지 하고 눈을 감으면
밤 같은 내 가슴속에 박힌 그대 별들이
그리움을 되새김질하며
달을 동무 삼아 도란거리며 살아가고 있습니다.

5

그리움 I

보고픔의 목마름이

꿈틀거리는 계절에

누구를 그리워하고 있습니다.

안개비 내리는 찻집 창가에서

외로움에 온몸 웅크리고 앉아

처마 끝에 떨어지는 빗방울을

그리운 사람의 발걸음이라 생각하며

잠겨둔 가슴의 빗장을 잠시 열어 봅니다

아련한 기억 속에 조심스레 건져올린

그리운 얼굴 보고파 아무리 울고 기다려도

사랑하는 사람은

돌아오지 않으면서

그저 기다리라고만 합니다.

보고픈 사람은

사랑이란 다 그런 것이라고 합니다.
저 멀리 좁은 골목길을 걸어오며
나직이 아주 나직이
내 이름 부르며 다가오고 있다면
이토록 사무친 그리움은 없을 것입니다.

순천만 포구(浦口)

분홍빛 바닷물에 담금질하던 석양도 잠이 들고
포구엔 희미한 가로등 불빛이 밤을 열고 있다.
문득 생각이 나서 찾아온 그리움이 멈춰 버린 곳
산들바람 부는 포구 물 속에 잠긴 달은
하얀 파문의 리듬에 고요히 흔들리고
바람은 젊음을 끝내 버린 갈대들을 울리고 있다.

오늘도 내 그리움의 여인아
너를 만나지 못해 너무나 쓸쓸하다.
살— 각거리는 갈대들의 울음소리에
너를 향한 그리움의 둑이 터져 버렸다.
혼자 외로워 견디기 힘든 이 시간
갈대숲 사이로 살며시 나타나
내 이름 두 자 나직이 부르며 다가와서

고요히 내 가슴에 기대주길 소망한다.

순천만 물 속엔 수많은 별들이 길을 오고 가는데
나의 기다림의 시간은 타다 남은
담배꽁초만 질서 없이 쌓여만 가고,
나는 몇 번이나 성냥을 그으며
지루한 기다림을 소각한다.
얼마나 많은 시간이 너를 잊어버리게 할는지
너를 잊어버림으로써 자유로울 수 있다면
사랑이란 구속이 아니란 것을 알았을 텐데.
방황하고 헤매는 나를 두고 떠난 내 사랑아
이 생명 다하도록 잊을 수 없다는 것 알면서도
기억 속의 너를 지우려고 가슴에 빗장도 걸어 보았다.
이별은 헤어짐이 아니라 또 다른 기다림인 것을
내 가슴 깊은 곳에 작은 눈물 호수 만들어 놓고
네 이름 두 자 아직까지 지우지 못하였다.
갈대밭을 지나는 바람은 조용히 불고
물결은 희미하게 살랑거린다.
살랑거리는 물결 따라 흔들리는 나룻배는
오늘도 오지 않는 너를 기다리고

나만 홀로 헛된 한숨을 내쉴 뿐이다.

먼— 길가에 늘어선 가로등 아래
수많은 사람들이 길을 오고 가는데
옛 기억 속에 나에게 다가오는 사람이 있다.
언제나 마음속 환영뿐인 내 사랑 여인이
깜빡거리는 낡은 가로등에 기대서서
가슴속 작은 눈물 호수 둑 터버린 채
펑펑 소리내어 울고 말았다.
너를 향한 그리움에 찾아온
순천만 나루터 둑길을 혼자 걸으며
나는 귀를 기울이고 너의 작은 숨소리를 듣는다.

누구실까

아무도 모르게
전화번호나 물어볼 걸
갈대들의 하모니가 들려오는
순천만 포구 선착장에서
귀향 버스 기계음은 늦다고
길을 재촉하는데
순천만 강물 위에
자맥질하는 저녁 노을
붉은 색 후회가
주마등처럼 스쳐간다.

살며시 다가가
주소와 이름을 물어볼 걸
문학 기행 끝나고 헤어질 때

버스 승강장까지 따라와서
어쩌다 마주치면
눈웃음으로 인사하는
레인코트에 가방 맨
문화 해설사 긴- 머리 그녀에게

즐거웠다고 인사하며
손이나 잡아볼 걸
차창에 그려져 웃고 있는 그녀를
애써 돌이질하여 생각을 떨쳐 버리건만
아름다운 환영이 달리는 차창 밖에 매달려
긴 그림자와 함께 슬픈 동행을 하고 있다.

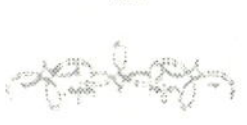

선암사

(문학 예술 등단작)

가을도 떠나 버린 조계산

품속에 감추어진 선암사*

늙은 법당 추녀 밑 토방에

부지런함이 모여 있다.

누구를 기다렸나

돌담 틈새에 늦게 핀 노란 들국화

얼굴에 외로움이 서려 있다.

갈길 잃고 방황하던 바람은

추녀 밑에 달린 풍경에 머무르고

게으른 산그림자 그늘진 오솔길

저녁서리 내려

이제 그만 돌아가야 하는데

옴 살바 못자 모지 사다야 사바하

33

옴 살바 못자 모지 사다야 사바하
옴 살바 못자 모지 사다야 사바하

참회 진언하는 불공 소리 들리는
부지런함이 모여 있는 법당
진한 향불 냄새와 염불 소리가
갈길 먼— 나그네 발길을 잡는다.

● 부지런함은 저녁 공양을 드리는 스님들의 신발이
토방에 많이 있다는 뜻.

(선암사* : 순천시에 있는 절 이름)

첫사랑 Ⅱ

그대를 만나지 않았거나

슬픈 기억에서 지워졌었다면

그대의 모습은 나에게서

기억 속에 존재하지 않았을 것입니다.

그 무슨 이유 있어

만나야 될 인연이 아직도 남아

홀연히 생각나고 그리워서

꿈으로도 나타나겠지만

단 한 번도 사랑한다고

고백하지 못했는데

찾아지지도 않은 추억의 끝자락

그 어디서 불현듯 나타나

잠 못 이루는 이 밤에

떠올리기 싫은 슬픈 기억이

고개를 내밀어 나를 괴롭히며

그립게 하고 있습니다.

10

순천만

순천만 둑길은 옛날처럼
그 모습대로 누워 있고
강물은 어머니 품에 안긴 듯이
숨결을 다듬고 있다.

먼— 여행길 피로에 지친 철새들
강 어귀에 밤이 내리니
웅성거리며 끼리끼리 동무되어
물소리 먹고 서걱거리는
갈대 숲 틈새에 침실을 편다.

눈 감으면 거칠게 호흡하는 소리
아빠 새는 아기 새 등을 다독이고
엄마 팔베개 안에

죽지 아파 옹알거리는 아기 새 곁에
별과 달이 내려와 같이 잠이 든다.

슬픔 속을 빠져나온 떠돌이 칼바람
강물 속에 발목 담근 갈숲에 머무르니
갈잎들의 서걱거리는 속울음 소리가
곤히 잠든 순천만 강물을 깨워 버렸다.

고향

타관 객지에서 부초처럼 살다
향수에 젖어 찾아온 고향땅

산 끝자락에 옹기종기 앉아 있는
낡은 집에서

어머니가 버선발로 뛰어나와
두 손을 덥석 잡고 반겨줄 것 같다.

정겹고 소담스런 먼 이야기같이!

청명한 가을 햇살을 머리에 이고 앉아
호미 들고 밭이랑 잡초를 매는
어머님 모습처럼 고향은 세상에서

가장 아름다운 풍경으로 다가온다.

집을 떠나고 싶은 충동을 잡아 주었던
어머님 품 같은 고향땅

그 아름답고 잊지 못할
추억이 있는 나의 모태 그곳에는

유년기 흔적 들인 빛바랜
흑 백 사진첩이 남아 있고

동구 밖 놀이 동산
팽나무 고목 아래 작은 공터엔
흑 백 활동사진이 돌고 있었다.

고향의 산수가 빚어내는
그 편안함과 운치는
나 어릴 적 머릿속에 각인된 대로 남아 있고

작은 가슴 깊은 곳에 숨겨 놓았던

아련한 추억들이 도란거리며 반겨 주었다.

고향땅은 그리움으로
나를 보듬어 안는다.

세월이 흐른 뒤

나는
그리움으로 찾아오면

고향은 또 다시
추억을 한아름 안고서

나를
그리움으로 맞이할 것이다

―그러나 한번 떠나간 세월은
  같은 얼굴로 찾아오지 않을 것이다.

12

편지 Ⅱ

아카시아 꽃향기가 바람이 졸린 듯이
그리움의 날개로
창문을 두드리려 밖을 보니
파란 융단을 쓴 하늘에서
어둠 속으로 달빛이 뚝뚝 떨어집니다.

뜰 안엔
달빛 받은 나무들이
아무도 모르게 졸고 있는데
수많은 이름 모를 풀벌레들의
아름다운 입술이 술렁이더니
이윽고 사랑 노래를 합창합니다.

두드리던 자판을 잠시 밀쳐 놓고

푸른 나라 은하수를 바라보니

지난날의 추억이 설핏 설핏 떠올라

흐르는 눈물이 앞을 가려

임에게 향한 손길을 더디게 합니다.

13

그리움 Ⅱ

어둠을 재촉하는 귀뚜라미 울음소리에
끝없이 밀려오는 그리움의 조각들이
표정 없는 얼굴이 되어
창문을 기웃거립니다.

그리워하는 그 모든 것들은
언제나 가까운 곳에 있다기에
손을 내밀면 닿을 수 있을까 봐
창문 열고 바라보니

그대는 보이지 않고
하늬바람만
거세게 몸부림을 치며
서럽게 울고 있습니다.

마파람에 나뭇 잎들은 얼굴을 단장하고
산허리 억새꽃이 늙어가는 이 계절에

내가 할 수 있는 일은 아무것도 없고
가녀린 몸을 움츠리고 창틀에 기대서서
그대를 그리워하며 울고만 있습니다.

14

그리움 Ⅲ

어스름 별빛이
어둠을 밝히는
그대 창가에서
도란거리는
저녁 불빛 가득한데
간간히 들리는
그대 웃음소리가
창 틈새로
살금살금 빠져나와
내 마음 곳곳을 훔쳐보며
그리움의 속살을
간질이고 있습니다.

15

그리움 Ⅳ

부엉새 애절하게 울어대는 밤
꼬마전구 흐릿한 불빛 아래서
떠나버린 그대 보고 싶어
잉태되는 슬픔을 되씹는
바보짓을 하고 말았습니다.

검푸르게 얼어붙은
하늘나라 은하 강엔
조각달이 헤엄치듯 떠내려가고
별똥별 하나가 눈물 흘리며
그리움을 안고 내려옵니다.

별을 헤아린 자취마다
돋아나는 그리움은

그대와 만나야 할 인연이
아직도 남아 있어
이 밤을 잠 못 들게 하고
그립게 하고 있습니다.

고향바다 Ⅰ

세상에 그리는 일
아무 것 없건만
수평선 끝자락에서
자맥질하는 저녁놀 바라보니
아스라이 가물거리는 작은 섬 위로
살풀이 흰 천처럼
흔들어 대며 휘감는 저녁 연기
어찌 내가 모르겠는가.

─객지로 흩어져 떠나간
  자식들 기다리는
  내 고향 어머니 손짓인 것을!

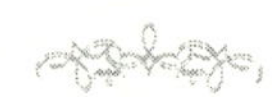

17

춤추는 독도

취한 듯한 파도 소리에 잠이 들고
바다 새의 도란거림에 잠이 깨는
신이 만들다 떨어뜨린 마지막 작품
동해의 외로운 우리의 섬 독도.

어제 서쪽 바다 끝에서 담금질하던
해가 떠올라 황금 빛살을 사방으로 내쏘면
거친 파도는 잠시 숨을 죽이고
동해 바닷물을 붉게 물들인다.

고래의 몸부림에 은빛 고기들이 펄떡이니
환호하는 갈매기 유연한 날갯짓에 어우러져
바다 새들의 아침식사가 시작되어
우리의 섬 독도는 펄펄 살아 숨을 쉰다.

꿈이 있는 소녀의 가슴처럼 일렁이는 바다를
한낮 동안 달구어야 할 태양이 황금 빛살을
작은 파도 이랑 사이에 고루고루 뿌려 주니
검은 실루엣으로 누워 있던 바다가 갑자기
보석을 뿌려 놓은 듯 반짝거린다.

선창 밖으로 손을 내밀면 잡힐 듯 작은 섬
금방이라도 가슴 적셔올 것 같은 푸른 물
보석같이 반짝이는 금빛 물비늘 옷을 입고
독도는 작은 파도 위에 목을 내밀고 춤을 춘다.

(경남문인협회 시화전 출품작)

18

그리움 V

그리움이 눈처럼 소복이 쌓인

한적한 오솔길에서

고독을 끌며

길 잃은 짐승처럼

흐느적거리며 걸어갑니다.

보고픈 얼굴이 차가운 달빛 되어

어둠의 거리를 밝히고 있는데

낯선 네거리

눈물 나는 교차로

무심한 붉은 신호등이

무거운 발걸음을 붙잡고 있습니다.

19

후회

그리움의 가장자리에
머물러 보아야
헤어짐의 소중함을
알 수 있다는 말
곱씹으며 후회하지만

후회란 아무리 빨리 해도
이미 늦은 행위라는 것을
이제야 알았습니다.

다시 만날 수 있다는
구슬보다 투명한 희망이 있기에
슬픈 기억에서
그리움 되어 서성이는

그대와 재회를
무릎을 꿇고 기도하는
나를
그대는 잊지 말아 주세요.

20

그리움 VI

고독이 기다리는 쉼터로
돌아가는 늦은 밤길
깨어진 심장 파편들을
모자이크하며
숨겨 놓은 말들을
뱉어내고 있습니다.

잊어야지
잊어버려야지
잊어지겠지
언제쯤 잊어질까
세월이 흐르면 잊어질 거야.

그러나 기억 속의 추억은

슬픈 영화의 마지막 장면처럼
그리운 그대 모습이 떠올라
고개를 흔들어 떨치려 해도
그럴수록 그리움은 애를 쓰고
가슴을 열고 나와 버렸습니다.

─언제나 혼자 걸어가야 할
　슬픔이 가득한 길을 걸으며……

21

손 전화

손 전화 뚜껑 열고
번호 하나 누르고
그리운 환영을 떠올리고
다시 하나 누르고

자정이 넘어 버린
시계 자판을 바라보고
또 하나 누르고

휴~
입김 한 번 토하고
다시 하나 누르고

할까

말까
머뭇거리다
엉겁결에 누르고

잠들었을까
깨어 있을까
망설이다

머릿속에 각인된
나머지
네 자리 숫자를
번개 같이 눌러 놓고
그보다 더 빨리
뚜껑을
덮어 버리고 말았습니다.

(문학 예술 등단작)

그리움 Ⅶ

사랑하고 그리워한다는 것은
서로가 가슴 한쪽을 버리는 것이며
나머지 한쪽도 내 것이 아닌
서로에게 줘 버린 채 살아가는 삶입니다.

그대를 그리워하는 모든 추억들은
나의 삶의 큰 흔적들입니다.
그 흔적들이 퇴색되고 소멸된다는 것이
나에겐 가장 큰 슬픈 일들입니다.

인생 Ⅳ

살아온 시간보다
살아가야 할 시간이
너무 많아
삶의 터전으로 돌아가는
터벅거리는
거친 발자국 소리들이
슬픔에 깎이고 있습니다.

타인

설렘으로 찾아간 그대 쉼터
창문을 두드리고 싶었지만
잰 걸음 멈추고 되돌아 나와
나는 이방인이 되어
아직도 비켜서지 못한
세월의 귀퉁이에서
갈길 잃은 철새처럼 찬바람 맞으며
거리를 방황하고 있습니다.

그대를 두고 떠나는 것은
배반 같아서 싫었습니다.

첼로 소리가 되어 버린
무거운 발길을 돌리면

그대와 영원한 이별이 될 것 같아
그리움을 가슴에 새겨 넣고 있습니다.

25

고 독

눈물꽃이 피어난 익숙한 거리엔
낯익은 그리움들이 덤벙거립니다.

그대와 만남은 오래된
헤어짐으로 남겨져 있습니다.

잔술에 붉어진 초라한 외톨이는
오늘도 어제처럼
거리를 떠돌고 있습니다.

흐르는 강물처럼 지나 버린 세월 속에
그 많은 외로운 시절의 순간들이
그리움과 함께 깨어난 추억의 이 시간

오후의 석양이 긴— 그림자를 남긴
가을 앞에 그대를 그리워하며
이토록 쓸쓸한 그림자를 동무 삼아
거리를 방황하고 있습니다.

26

첫사랑 Ⅲ

잃어버린 사랑을

찾지 못하는 것보다

나를

더욱 더 서럽게 하는 것은

그리움이 가득 쌓인

내 가슴을 활짝 열어

첫사랑 그대에게

보여 줄 기회가 없어

더욱 슬퍼질 뿐입니다.

27

꿈

꿈속에서 그대를
조금이라도
가까이서 보려 하면
더욱 멀어져 갔습니다.

돌게잠을 자다가
설핏 잠 깨어보니
그간에 우리 만남은
절망의 평행선에
서성거리고 있습니다.

가지 말고 돌아오세요.
몸부림치며 토해낸
절규 섞인 외침이

밤하늘 메아리 되어
허공에 떠돌고 있습니다.

고향 I

봄이 오면 논밭 두렁에
솟아오른 삘기(?) 까먹었고
버들강아지 솜털 벗는 날
실개천에서 가재를 잡으며
할미꽃 핀 동네 옆 동산 묘터에서
해거름까지 놀았지.

여름이면 동네 앞 저수지에서
코흘리개 고치 친구들과
훌러덩 옷 벗어던지고 멱 감고 놀았지.
제비가 되어 강남으로 갈 거냐?
두더지가 되어서 땅 속으로 들어갈 거냐?
이놈들 꼼짝 말고 서 있거라.
쫓아오며 소리치는 욕쟁이 할부지

참외밭도 서리하여 먹었지.

콩깍지 익어 가는 늦은 가을날
황소 타고 꼴망태기 등에 지고 소 먹이다가
상수리 개도토리 주워다 구슬치기하고
산골짝 구석에서 콩 타작하며
알밤도 주워다 구워 먹었지.

동지 섣달 기나긴 밤
봉창 문풍지가 삭풍에 울 때
친구 집 사랑방에서 호롱불 밝혀 두고
이쁜이 금순이 친구들과
손목 맞기 민화투 놀이
동트는 새벽녘까지 밤샘하고 놀았지.

이제 나이 들어 찾은 고향 땅
당산 늙은 나무 아래 돌 위에 앉아
옛 생각을 해보니
늙어 버린 고향 땅은 옛 그대로이건만!

계단식 논두렁을

씨 주머니가 요령소리 나도록

진종일 뛰고 놀던 곳엔

유년시절 고추 친구 하나 없고

머릿속 기억이 빛바랜 흑백 사진처럼

흘러가 버린 세월 속으로 나를 데리고 간다.

● 2002년 2월 13일 KBS 1라디오 설날 귀향길 특집,
　이주향의 〈책 마을 산책〉에서 30분 방송.
　국군의 방송, 김이연의〈문화가 산책〉 1시간 특집방송.
　경남문학관 대형 표구 영구보존용.(소설 《늙어가는 고향》에 수록).
　마산 MBC-TV 〈사람과 사람들〉 3일간 방송.

29

쓸쓸한 고향길 (長詩)

어머니
현세에 없는 어머니!
당신의 이름을 불러봅니다.
영혼의 이름을
객지에 떠돌다 어쩌다
명절 때면 고향을 찾아갑니다.
그러나 올해는 발걸음이
너무나도 무겁습니다.
이맘때면 어머니는
객지로 훌훌히 흩어져 날아간
민들레 씨앗처럼
어머니 품을 떠나갔던 자식들이
자신들의 모태를
찾아오리라는 믿음으로

세월의 햇볕에 타버린

구릿빛 얼굴로

당신의 씨앗들을

동구 밖 정자나무 밑에서

하염없이 기다렸지요.

만남과 헤어짐이 있는 마당에도

세월의 흐름은

막을 수가 없었습니다.

늦은 밤에 귀향하는

자식들 위하여

어둠을 밝히는

어머니가 들고 있던

호롱불이 손전등으로

어느덧 가로등 불빛으로

바뀌었습니다.

검은 머리카락도

반백으로 바뀌어

백발이 되었고

꼿꼿하던 허리도

자식 키우느라

할미꽃처럼 굽어졌지요.
늦은 밤에
차가 없어 걸어오는
자식들 기척을 듣고
헛기침을 하시면
천륜의 소리인지를 알고
나는 어려서
자주 불렀던 노래를
큰 소리로 불렀습니다.
어머니는 어두운
먼 발치에서도 알아보고
손을 번쩍 들어
신호를 보내 오면
나는 두 손을 들고
반짝 반짝 작은 별
어릴 때 학교에서 배운
율동을 하듯 손을 흔듭니다.

할머니를 부르며 달려오는
손자 녀석 손을

살며시 잡고 앉으며
아가야
오느라고 수고 많았다 하시며
손자 앞에 등을 댑니다.
뚱보 손자가 조금도
무겁지 않은 모양인가 봅니다.
항시 반기시는 얼굴은
만월이었습니다.
추석의 한가위 달처럼
밝아 보였습니다.
구릿빛 얼굴이 되어 버린
어머니 얼굴엔
검버섯 저승꽃이 피었고
수많은 이마의 주름살엔
세월의 두께가
각인되어 있었습니다.
거칠어진 어머니 손을 잡고
가슴속이 저리는
아픔을 느끼곤 했습니다.
가슴 한구석에서 밀려오는

인생의 엑기스가
정열로 화한 눈물을
잠시 감추려고
애써 눈을 깜박거리기도 했습니다.
그럴 때면 작은 가슴
구석구석에서 저며 오는
어머니 삶이 생각나서
흘러내린 눈물 한 방울이
코끝을 지나 입술에 머물러
짭짤한 눈물의 의미를
느끼게 하였지요.
땀과 때에 저린 머릿수건을
머리에 질끈 동여맨
어머니 거칠어진
두 손을 잡은 저의 손에는
따뜻한 모정이 전해 왔습니다.
천륜의 연줄인 손자를 등에 업고
앞서 걸으시며
마냥 반가워하고
마냥 즐거워하셨습니다.

75

모처럼 온 자식에게 무엇을 해줄까
밤새 생각하느라
잠 못 이루고 뒤척이었지요.
저 아이는 어렸을 때
무얼 좋아했지
작은애는…
말썽쟁이 막내에게는
무엇을 해줄까
생각을 끝냈는지
잠자리가 조용합니다.
어둠을 가르는
시계 초침 소리와
어머니의 고른 숨소리는
나 어릴 적 자장가이었습니다.
장작개비 같은 어머니 손을 잡고
나도 모르게 잠이 든 모양입니다.

얘들아,
일어나거라.
어머니 목소리에

저는 잠에서 깨어났습니다.
아침 해는
머―언 옆 산마루 끝에서
얼굴을 내밀고
아침 인사를 합니다.
찬란한 빛이었습니다.
어머니 얼굴이었지요.
집에 온 자식 위해
아침 일찍 뒤 텃밭에서
쪽파 몇 단
시금치 몇 단
고들빼기 몇 단을
함지박 소쿠리에 가득 채워
정수리가 내려앉을 만큼의 무게를
머리에 이고 길을 나서
이른 아침 시골 기차역 광장에
잠시 잠깐 서는 번개장터에서
이고 간 야채들을 팝니다.
야채 판돈을 손에 꼭 쥐고
몸뻬바지 펄럭이며

어물전을 찾아가
싱싱한 횟감과
낙지 몇 마리를 사들고
바쁜 걸음으로 집으로 향합니다.
행여 생선이 상할까
발걸음을 재촉합니다.
아마 어머니 발바닥에는
바람개비를 달고 왔을 것입니다.

어머니가 손수 차린
아침 밥상머리에
올망졸망 빙 둘러앉아 있는
자손들을 바라보며
흡족한 미소를 짓습니다.
당신도 좋아하는 음식을
같이 먹자는 자식들의 성화에
나는 늙어 이가 안 좋아 못 먹으니
식기 전에
싱싱할 때 빨리 먹어라
재촉하여 놓고

꼭꼭 씹어 먹어라 얹힌다
어린 손자들이 체할까 봐
걱정인가 봅니다.
그 모든 말들은 사랑입니다.
당신도 좋아하는 음식을
같이 먹자는 자식들의 성화에
뱃속이 안 좋다고 거절합니다.
어머니의 마음
이 자식들은 모두 알고 있습니다.
어머니 손으로 만든 음식은
이 세상 어느 음식보다
맛이 있습니다.
바쁘게 움직이는
자식들의 손놀림을 보고
절구통 곁에서
머릿수건 손에 들고
흡족한 마음으로
이마에 세월의 흔적인
수많은 주름살을 새기면서
웃고 있었지요.

이 한세상 살면서 남겨 논
자신의 흔적인
아들 딸 손자 손녀들을
그냥 바라만 보아도
배부르며 먹은 것 같은
느낌이 드는 모양입니다

그러하신 어머니 당신은
오늘 이 자리에 없습니다.
자식들 먹일 것 걱정
입힐 것 걱정
어머니는 태산을 짊어지고
한세상 살았습니다.
아, 그 아름다운 모정을
잊을 수 없습니다.
자식과 남편을 위하여
희생의 긴 세월을 살아오신
당신의 생애는
인고의 세월 그것이었습니다.
그 지혜로운 마음은

진줏빛보다 찬란하고
햇빛 받은 아침 이슬보다 맑았습니다.
하늘보다 높고 바다보다 넓고
깊은 마음 어이 알리까.

고향을 떠나 올 때
동구 밖 공터에서
자식 며느리가 쥐어 주는
용돈 받기가 쑥스러워
애야, 나는 괜찮다
새끼들 키우는데 돈 많이 든다.
몇 번이나 돈은 왔다갔다 합니다.
고맙다 하면서 받으신 적이
한 번도 없었지요.
물도 사먹는다 하시며
애써 안 받으려는 돈을
억지로 맡기고 돌아서면
마지못해 받고는
눈에 넣어도 하나도 안 아플 것 같은
손자 놈의 옷을 만져줍니다.

바지도 추켜올려 주고서 끌어안습니다.

그때 허리춤에 동여맨 주머니 꺼내

그 속에서 알밤 같은

꼬깃꼬깃한 돈을 접어서

손자주머니 속에 넣어 주었습니다.

고래심줄보다 더 질긴

할머니와 손자 간에

천륜의 끈을 연결해 놓습니다.

아들놈은 돈 들어간

호주머니를 손바닥으로 막고

할머니 얼굴에다 뽀뽀하며

안녕이라며 손을 흔듭니다.

그럴 때면 아이구, 내 새끼야 하며

볼을 만져 주고서

먼저 갖다 놓은 보따리를 챙깁니다.

아침 일찍 큰며느리 몰래

구멍 난 곳간에 쥐가 드나들 듯

곳간을 왔다갔다 하였겠지요.

참깨 한 움큼 마른 고추

된장 고추장 참기름 조금

올망졸망한 뭉치를

차 트렁크에 실어 주면서

얘야,

며느리를 부릅니다.

큰형수와 큰형의 눈치를 보며

귓속말로 속삭입니다.

올해는 농사를 못 지었다

괜스레 미안해 하시면서

내년에 잘 지으마

꼭 오너라

아껴 먹어라 하시며

며느리 어깨를 어루만져 줍니다.

그럴 때면 형님과 형수에게

미안하였습니다.

차창 밖으로 머리를 내밀면서

괜스레 큰 소리로

시내 가면 있는데

집에 두고 드시지

왜 저희를 주십니까.

그것을 모르시는 것이 아니지요

자식사랑의 표현입니다.

초봄부터 오뉴월 염천의
뙤약볕 아래
자식들이 오면
조금이라도 많이 주려고
호미 들고 밭이랑 잡초를 매고
지열에 헐떡이며
구릿빛 얼굴에 미소를 지으시며
농사일을 하셨을 것입니다.
일 그만하시고
저희가 준 용돈으로 관광도 다니고
좋아하는 막걸리도 사드세요
내년에 꼭 올게요.
소불알 돼지불알 사과만큼 배만큼 크고
수박만한 된장뭉치에
꼭 필요 없는 늙은 호박까지
차 트렁크에 실어 주는
어머니의 정을
듬뿍 싣고 오곤 하였습니다.

해 바뀌어 명절마다
동구 밖 공터에서의
추억이 서려 있던 곳을
올해 돌아 나오는 길은
너무 쓸쓸하였습니다.
좁은 골목길을 나올 때
여느 때나 똑같이
귀뚜라미 여치도 따라 웁니다.
이름 모를 풀벌레
울음소리 들려오는
실개천을 돌아
굽이굽이 재 넘고 산 넘어
성황당을 지나서 뒤돌아 보니
뒤 차창에는 만월이 뒤따라옵니다.
푸르게 보이는 밤하늘에
떠 있는 달은
어머니 얼굴로 보였습니다.
하늘에선 별똥별이
서쪽으로 사라집니다.
어머니 눈물로 보였습니다.

애들아,
조심해 가라
다정한 그 목소리가
귓가에 들리는 듯합니다.
어머니!
당신의 투박한 손과
주름진 얼굴이 그립습니다.
어쩐지 코끝이 찡하여
원터치 차창 스위치를 눌러 봅니다.
쌩— 하는 아스팔트 마찰음과 함께
고향의 흙내음 풀 냄새가
코끝을 자극합니다.
어머니 젖무덤의 젖 냄새 같은
고향의 냄새
그래서 명절 때면
왔다 가는 고향길입니다.

사랑, 정, 추억,
낭만이 서려 있던 곳
동구 밖 정자나무 밑의

아름다운 이야기들을
작은 가슴 곳곳에 심고서
오른발에 힘을 더하니
차는 나의 육신의 모태를 뒤로 하고
어둠 속으로 빨려갑니다.
어머니!
당신의 미소와 당신의 얼굴을
가슴속 깊은 곳에 싣고 갑니다.

회상

지나간 저 지난해
논에서 논갈이하는
큰아들 새참을 싸들고 가시다
늙으신 어머니는 고혈압으로
자신이 일평생 엎드려 일하여
자식들을 먹여 살렸던
삶의 한 터전 밭퉁이에서
자식들에게 유언 한 마디 못하고
그 무거운 등짐을 벗고

저 세상 하늘나라로 가셨습니다.
소식 듣고 달려온 저는
어머니 죽음 앞에 통곡하였습니다.
남들은 호상이라고 달래었지만
자식으로 태어나
어머니의 병 수발 한 번
못하게 해놓고
한도 많고 원도 많은
이 세상을 뒤로 하고
영원한 이별의 길을 가신
어머니의 유품을 정리하면서
우리 자식들은
어머니의 큰 사랑에
또 한 번 통곡하였습니다.
큰누나의 울부짖음은
더더욱 폐까지 도려내는
아픔의 절규였습니다.
좋아하는 술도 참고
자식들이 사준 고운 옷도 아껴 두고
무엇하시려고 돈을 모아 두었느냐고

누나는 시신이 담긴 관을 끌어안고
울어댔습니다.
속옷 주머니에 구겨진
천 원짜리 몇 장
허리춤에 동여맨 양단으로 만든
때에 절어 버린 주머니 속에는
알토란 같고 밤톨 같은
꼬깃꼬깃한 이십 오만 원의
돈 뭉치가
행여 밖으로 나올까 봐
주머니 입구를
바늘로 꿰매어 두었고,
시집올 때 가져온
반닫이 밑바닥에는
적금 통장 두 개
매월 꼬박꼬박
십만 원씩 불입하고
두 달을 남겨 놓은
이백오십만 원짜리와
삼백만 원 만기 통장에는

초등학생 공책 반쪽에
짧은 유언이 기록된
메모지가 끼워져 있습니다.
연필에 침을 발라서
꾹꾹 눌러쓴
투박한 글씨체로
큰애야 나 죽거든
초상비로 사용해라
하나는 결혼식을 못 올리고 사는
넷째 딸 식 올리는 데 사용해라.
농촌에서 힘들게 사는 큰아들한테
조금이라도 보탬이 되려고
자식들이 명절 때
찾아뵙고 준 용돈을
행여나 눈치챌까 봐
자식 모르게 모아둔
어머니의 삶과 죽음의
짧은 여정 사이에
남은 마지막 유산이었습니다.
그 돈 일부는 자신의 핏줄인

손자 손녀들에게
쪼개 주었을 것입니다.
오직 자식만을 위한
큰 사랑 바다 같은 넓은 품을
자식 낳고 나이 들어
어머니 떠난 뒤
이제서야 알았습니다.
명절 때면 찾아오는
객지의 자식들이
용돈이라도 주면
친구들에게
인천 막둥이 부산 며느리
김해 작은 아들
자식 며느리 아들 딸 모두가
부자요 효자여서
용돈 많이 주었다고
자식 자랑 노래를 불렀습니다.
자식 자랑은
어머니의 유행가였답니다.
어쩌다 일 년에 한두 번 오는

자식들인데도
평생을 모신 큰형과 큰형수는
그때마다 섭섭하였답니다.
이제야 형님 형수는
어머니의 자식 사랑은
편견과 편애의 차별이
아니었다고 울어댑니다.
큰형은 소리 없이
도살장에 끌려가는 황소처럼
눈을 깜빡일 때마다
청포도 같고 산머루알 같은
눈물 방울 흘리면서
지금 세상에 초상치르는데
빚지는 일 없고
부조금만 해도
남아도는 데라고 하시며
이 세상 그 누가 어머니
큰 사랑 바다같이 넓은 마음
헤아릴 수 있겠느냐고
웅얼거립니다.

떠나고 없는 어머니,

은혜 갚을 길 없어

이 아들은 눈물 흘립니다.

생전에 못다한 효

이 글로써

하늘나라 어머님의

안식처에 보내드립니다.

추석날 귀향길에―

● 2002년 2월 13일 설날 귀향길에 KBS 1라디오 이주향 〈책
 마을 산책〉에서 30분간 특집방송. (소설 '늙어가는 고향' 수록)
 미국 샌프란시스코 교민방송에서 시 낭송. (낭송시간 27분)
 국군의 방송, 김이연의 〈문화가 산책〉 1시간 방송.
 마산 MBC-TV 〈사람과 사람들〉 3일간 방송.
 부산 비젼스에서 방송용 녹음테이프 제작

30

그리움 Ⅷ

슬퍼 보이는 하늘에서 비가 내립니다.
내 마음속에서도 비는 추적추적 내립니다.
선창가 싸구려 객주집에서 술잔 비우니
갯냄새에 취하고 그리움에 취하여
내 마음속 간직한 얼굴 떠오릅니다.

그 사람 내가 갖기에 너무 벅차
성낸 말로 떠나보낸 후
아직까지 잊지 못하고
가슴속 별이 되어 술잔 위에 떠 있어
못 잊어 그리워할까 봐 마셔 버렸습니다.

사랑은 순수하고
사랑 같은 아름다움이 없다지만

그대 떠나 없는 빈 공간에 슬픔만 남았습니다.

내 전부를 걸었던 사람이기에
그 사랑 다시 꿈틀댈까 얼른 지워 버렸지만
비 내리는 창가에 떠오른
그리운 얼굴을 잊을 수가 없습니다.

흐르는 세월이 그리움을 지운다지만
말처럼 쉬운 일이 아니었습니다.

—비 개인 객주집 창가에 걸린 달이
    잊지 못해 그리워하는 그 사람 얼굴인데!

31

그리움 IX

견우 직녀 상봉하는
칠월 칠석 슬픈 날
토파즈 빛깔 밤하늘이
내 마음 알았는지
구름 커튼 드리우고
슬퍼 보이던 하늘이
눈물 흘립니다.

견우 직녀 애틋한 그 사랑보다
더 슬픈 사랑이 별이 되어 버려
칠월 칠석날
하늘이 슬퍼서 눈물 흘리면
구름에 달 가린 하늘처럼
나도 따라 웁니다.

구름 걷어 청산에 깔고
무지개다리 타고 올라
조각달로 배 만들어
하늘나라 먼저 간 그리운 임 만나려
은하수 개울 건너 찾아가리다.

32

바다 Ⅱ

푸른 바닷가의 높은 언덕

끝자락에서

내 마음 둘 곳 없어

바위 위에 앉아 본다.

거울처럼 잔잔한 바다가

조용히 일렁인다.

아득히 섬을 뒤로 하고 떠나는

고깃배 항적(航跡) 위에

물새들이 동행하고

오밀조밀 아름다운 작은 섬들은

부딪히는 파도에 아무런 대꾸 없이

그저 듬직하게 앉아 있다.

고깃배가 바삐 드나드는

땀과 눈물이 스민 섬

지아비 잃은 여인은
오늘도 선착장에 홀로 서
오가는 배를 보고 눈물 짓는다.
망부(望婦)의 설움을 아는지
갈매기도 따라 운다.
태산 준령의 마지막 솜씨
기암절벽 끝에
외로이 매달린 항구는
젊음이 활개치는
소란함이 흔적도 없고
썩어문드러진 그물만
망부(?婦) 치마폭처럼
해풍 따라 춤을 춘다.
귀향하는 뱃고동은
애잔한 가락처럼 가슴 적셔
나 혼자 걷기엔
너무나 쓸쓸한 고향 바다
아무도 기다려 주지 않는
늙어 버린 항구
추억의 끝자락에서

건져올린 그리움도
아름다운 기억들마저
고스란히 남겨두고
발길을 돌린다.

—저문 뱃고동 소리를 들으며

(월간 한국소설 단편 《길》에 수록)

33

첫사랑 IV

고운 단풍 무수히 떨어지던 날
다시 그리워진다고 하더라도
서로를 찾지 말기로 약속했지만
거짓이었습니다.

잊어야지 하는 것이 모순이라면
잊혀지겠지 하는 것은 진정일 텐데
그대에게는 잊혀진 사랑일지라도
왜
나에게는 가슴속 저 아래 묻어둔
그리운 얼굴이
이렇듯 오랜 세월 동안
지워지지 않는 것은
사람들이 말하는,

죽기 전에 못 잊는다는
첫사랑이었습니다.

아름다운 첫사랑 그대를
기억한다는 것은
아직도 잊지 못하고
그리워하는 내 가슴속에
그대를 향한 첫사랑 그리움이
멈추지 않은 까닭입니다.

　　—이젠 널 잊으려 애쓰는 날에

34

들꽃

바람 불어 좋은 날
신식 걸망 등짐 지고 길을 나섰다.
햇볕에 달구어진
대지를 뚫고 나온 들풀은
물오른 소나무 새순 솔향기와
도심에 찌든 코끝 때를 닦아낸다.
자연의 모든 생물들은
태어나고 죽는 두 이치를 아는 듯
지난날 파란 새싹 돋아난 것 같이
수줍게 꽃망울 터뜨려 버린
찔레꽃 향기는
그렇게 살다 지쳐 산으로 떠났다.
눈물 흘리며 엄마 찾는 아기송아지
울음소리도 하늘로 날아갔다.

고갯마루 들꽃은 바람을 부르고

바람은 산 고랑을 달려와

꽃향기를 휘돌아 안고

바쁜 발길로 산자락을 훑어 내닫는다.

35

첫사랑 V

남몰래 삼킨 분노
어이 말 다 하겠소
속가슴 적신 눈물
그 누가 알겠소.

원망과 미움의 긴 세월에
꿈 같은 그대의 흔적들이
추억 속 유물로 남았는데
이룰 수 없어 떠나 버린
첫사랑 때문에
미래의 시계바늘은 멈춰서 있소.

나의 분노가 정당한지 되물으며
지난날 과오를

가슴속 저 아래 묻어도
어떤 날 선명하게 떠오르는
옛사랑 얼굴이 흐느끼고 있었소.

꿈속 추억만이라도 간직해 보려고
나는 밤을 향해
천천히 밝아라 말했으나
어둠은 닻을 내리지도 못했는데
새벽은 서둘러 밤을 쫓아 버렸소.

─아직은 아직은 다 잊기에
 작은 가슴 곳곳에 심어둔
 그리움들을
 아직은 다 잊기에 이르옵니다.

36

천국에서 쓰여질 첫사랑

꿈의 둥지를 떠나면서

우리 아름다운 사랑

슬프고 괴로워도 이겨내자고

이별의 길목에서 그대가 남긴 말

뭔가 붙잡고 있어 귓전에 맴돌고

첫사랑 슬픈 흔적 남기고 떠난 그대를

지우지 못하였습니다.

이제는 아물어 가야 할 아픔이

아직도 가슴에 남았는데도

무심한 세월만 멀리 가버렸습니다.

가슴 밑바닥에 숨었던 사랑을

기다리다 지쳐 있건만

세월이 멈춰 주질 않았습니다.

이승에서 못다한 정과 사랑을 모아

단 한 사람만 위해 남긴 내 마음

천국에선

첫사랑 당신만 위해 쓰여질 것입니다.

첫사랑 VI

물과 기름이 융합될 수 없듯이
당신과의 사랑은
이루어질 수 없다고 떠난 뒤
귀머거리가 되었지
벙어리가 되었지
가슴의 슬픔을 달래면서
사랑이 별거더냐 그까짓 것
세월 흐르면 잊혀지겠지
나 떠난 너
가슴에 상처를 줘
우황 든 소처럼
밤새 끙끙대며 잠 못 이루고
밤하늘 달 보고 맹세하였지
애써 잊으리라

슬픔 가득한 가슴에 빗장 걸고

열지 않으리라

노여움도 미움도 그리움도

분노의 폭발도 잠재우며

너를 나에게서 떠나보낸 뒤

잘 떨쳐 보냈노라고 되뇌건만

그 아팠던 첫사랑이

다시 그리워져

시린 내 가슴속에

첫사랑을 잊을 수 없다는

단어로 차곡차곡 쌓여가고 있습니다.

봄비 맞은 고사리처럼

흙을 머리에 이고 솟아오르듯이

그리움으로 가득 채워진 가슴에서

―사랑의 또 다른 이름은 질투라고

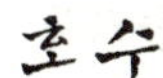

39

호수

초록빛 호수에 밤이 내리면
별무리 보석같이 빛을 내어
무수히 수면 위에 떠다닐 때
괜스레 슬픔이 밀려옵니다.

외로울 때 찾아온 호수 변 벤치는
꿈처럼 아름다운 모습으로
오래된 그리움이 앉아 있었습니다.

밤의 물안개 호수에 닻을 내리니
나 혼자 잊고서 살아가야 할
눈 시리도록 아름다운 그대 얼굴이
나를 보고 달과 함께 웃고 있었습니다.

가슴속에 가두어 둔 정 지우려고
호수에 돌을 던지니
물 위에 번지는 수많은 동그라미 속에
슬픔이 가득한 그대 얼굴이
달과 함께 나를 보고 울고 있습니다.

시린 가슴 달래며 걸어가는 길에
싸늘한 달빛이 뿌려지고
힘없이 걸어가는 그림자에
두 줄기 물방울이 떨어지고 있습니다.

40

슬픔을 눈 밑에 그릴 뿐

어딘가 존재할 그대 얼굴이
그리운 공간(空間)을 채워 가고
그리워 애태웠던 내 사랑이
희미한 기억 속 이름이 된다 하여도

나
잊지 않고 그리워할 것입니다.

먼저 사랑하였고
더 많이 사랑하였기에
나중에까지 그대를 지켜볼 수 있는
아름다운 마음도 배우고 있습니다.

그대에게 다가가는 동안

조금씩 뒤로 물러나는 일이 있어도

나
슬픔을 눈 밑에 그릴 뿐

오늘도 가슴 설레이며
작은 걸음으로
조금씩 그대에게 다가가겠습니다.

(대중가요로 발표, 엽서 제작)

114

41

김해 연가

마신 술 깨지 마라 이 밤 지새도록

그대가 가고 없는 김해 땅에서

내가 던진 글라스에 샨들리에 부서지면

미친 듯이 달려보는 구산 로터리

궂은 비 내리면 더욱 좋겠네.

권한 술 사양 마라 이 밤 다하도록

첫사랑 가고 없는 김해 땅에서

밤새도록 마신 술에 첫사랑이 그리워서

비틀비틀 걸어가는 연지 공원길

첫눈이 내리면 더욱 좋겠네.

마신 술 깨지 마라 이 밤 지새도록

그대가 가고 없는 김해 땅에서

내가 받은 술잔 속에 그대 얼굴 떠오르면

비틀비틀 달려보는 낙동강 둑길

소낙비 내리면 더욱 좋겠네.

(대중가요로 발표)

42

편지 Ⅲ

가슴속의 눈물로

당신의 글을 씻었답니다.

화불로 당신을 태웠습니다.

괴로움이

당신의 사진 묻었습니다.

이젠 잊어야 하겠지 하고

눈을 뜨면

떠오르는 얼굴

이젠 잊어야 하겠지 하고 되뇌이고선

봄꽃이 흐드러지게 피어 있는 꽃길을

장마비가 억수같이 쏟아지는 진흙길을

낙엽이 떨어지는 오솔길을

첫눈 내리는 고궁을 걸어도 보았습니다.

주정뱅이 술꾼처럼 걸었습니다.
달구지 끄는 황소처럼 걸었습니다.
배고파 힘이 없는 짐승처럼 걸었습니다.

몇 장의 슬픈 편지도 태웠습니다.
가슴속의 슬픔도 지웠습니다.
그러나 기억 속에 남아 있는
당신의 얼굴을 아직도 잊지 못하고
그리워하고 있습니다.

43

마음의 등불

이제야 불을 끄려 합니다.

기다림에 지쳐서

그대 남기고 간

마음의 등불은

차갑게 얼어 가는

가슴을 녹여 주었고

암흑 같은 마음을

밝혀 주기도 하였습니다.

헤어져 아린 가슴에는

그래도 언제인가

다시 만나겠지

막연한 기다림을

간직하고 살려 했습니다.

둘이 만나 남겼던

추억의 유물들이
꺼지려는 불길 앞에
어떤 의미에서인지
자꾸 뒤돌아보게
유혹하고 있습니다.

44

독백

천 년 고목은 바람 잡고 흐느끼고
머릿속은 첫사랑 얼굴 잡고 흐느낀다.
아직은 끝나지 않은 얼굴
어렴풋이 듬성듬성 지나 버린 긴 세월
저만치 떠나 버린 아름다운 기억들
숨길 수 없는 그대 노래 부르네

그대 숨결 찾으려 한적한 산사로
그대 흔적 찾으려 철쭉꽃 핀 고궁 터로
그대 발자국 찾으려고 해변 백사장으로

떠나 없는 산사에는 염불 소리만 들리고
떠나 없는 꽃길에는 벌 나비가 춤추고
떠나 없는 백사장엔 파도만 일렁인다.

혼자 쓸쓸한 귀향길에는
석양의 긴 그림자만 동행하고
언제나 나 혼자 독백은
잊어야 하겠지
잊혀지겠지
언제인가 잊혀질 거야……

45

기다림

행복한 웃음

기다림 희망

애틋한 그리움

후회와 원망

사랑과 배신

눈물의 분노

모든 것을 가르쳐 주고

아기 뻐꾸기 둥지 떠나듯

당신은 그렇게 떠났습니다.

그대가 떠난 뒤

고독을 알고 말았습니다.

희망을 기다리는 자에게

기회가 온다는 말에

그대를 일상에서
떨쳐 버리지 못하는 것은
행여나 하는 기다림 때문입니다.

46

첫사랑 Ⅶ

아직도 그리워하는 사람 있다면
눈물도 말라 버린 슬픈 사랑
가슴이 미어지는 애틋한 사랑
웃음도 멈춰 버린 아픈 사랑
그것은 이루지 못한 첫사랑입니다.

이 생명 다하도록 아물지 못할
가슴에 상처를
애써 감춰 두고 살았습니다.
이제 세월이 약이라고 생각하며
슬픈 사랑을 나 혼자 애써 잊으렵니다.

47

슬퍼하지 말아요

호숫가 거니는 발자국마다

넘치는 그리움을

무슨 까닭인지

무슨 사연인지

그대는 알겠지요.

별이 되어 버린

그대 때문인가요.

호수마저 깊게 잠들었소.

슬픔은 가슴을 저미게 하고

떨어지는 별똥별은

그대 눈물인가요.

걷는 오솔길에

부엉이도 울고 있소

저 하늘 끝까지 들리도록

목이 쉬도록

그대 이름 부르다 가리다

구름이 달을 가린 깜깜한 밤

무릎 꿇고 앉아

그대 명복 빌고 가리다

그대 영혼이 되어

날 찾아왔다가

못 보고 가시더라도

슬퍼만 하지 마오.

달빛을 끌어잡고

별빛을 끌어안고

소쩍새와 같이 울리다

영혼이 별 되어

내 가슴 밝힌 그대 위해

산바람도 고이 잠든

호숫가 찾아와

소쩍새 친구 되어 구슬프게 울겠소.

소쩍새 우는 밤 날 찾아와

못 보고 가시더라도

슬퍼만 하지 마오.

혼불이 되어 호숫가를 떠도는
그대를 먼 발치에서 보더라도
나는 알아보겠소.

48

둘이라면

미워하는 누군가보다
그리워하며 기다리는
너와
나
그리고
시간…

우리 둘이 하나 되어
사랑할 수 있는
그러한 사이가
될 수 있다면 좋겠다.

—외롭기 때문에 사랑하는 것이 아니라
　사랑하기 때문에 외로운 것입니다.

49

혼자되어

사랑은 둘만 묶어 주는
보이지 않는 끈이라고
말들 하지만
거짓말이었습니다.

사랑을 묶는 끈이 보였더라면
다시는 풀리지 않게
꽁꽁 묶어
예쁜 매듭을 지어 놓았을 텐데

지금 혼자되어 생각해 보니
사랑은
서로의 마음으로 묶는 것을

서로가 오만과 독선으로
가슴에 비수를 꽂은 것처럼
함부로 해버린 말들이
상처를 주고 헤어진 지금

그대에게 그때 다하지 못한
사랑을 속죄하고 싶어
진홍빛 홍차 향기가
다 날아간 이 시간
찻집 뒤뜰엔 매화꽃이 꽃망울을
흐드러지게 터뜨리고 있습니다.

—둘만이 알고 있는
　　조그마한 슬픈 찻집에서……

131

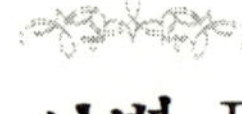

50

이별 I

사랑이 무엇인지 모르는 나에게
그대는 사랑한다고
편지를 보내왔지요
사랑이란 의미를 조금 알고
답신을 쓰는 창 밖에
밤하늘 빛나는 별들은
그대 눈빛이었습니다.

오고간 수많은 아름다운 사연들
차곡차곡 책상 서랍에 찰 무렵
물과 기름은 융합될 수 없어
헤어진다는 사연에
할 말을 잃어버렸습니다.

마지막 편지 속에는
노란색 종이 두 장에
글씨 없이
중앙에 동그라미 두 개
끝에는 별 두 개가 그려져 있어
그 뜻을 몰라 괴로웠습니다.

노란 색종이는 이별의 색깔이고
중앙에 동그라미 두 개는 ○ ○(영영)이고
끝에 그려진 별 두 개는 ☆☆(이별)이어서
소식 끊긴 뒤 그 뜻을 알고
슬프게 울었습니다.

(소설《병영일기》관련 KBS-TV「아침마당」방송)

51

가을날

구비구비 몇 구비 돌았나.
차도 숨이 차 헐떡이는
24번 일반 국도
경남 도립공원
가지산* 정상에 멈춰 섰다.
이름도 모를 작은 들꽃 피어 있고
태산 준령 험준한 산자락이 만들어 낸
마지막 솜씨인 깊은 계곡 산사에선
염불 소리 들려온다.
얼음골 맑은 물에
사과들이 익어 가고
세월에 볼썽사납게 문드러진
초가지붕 위에
늙은 호박은

배꼽을 드러내 일광욕한다.

가지산 알곡식

도토리로 만든 묵에

얼음골 맑은 물로 목욕한

청정(淸淨) 미나리를

듬성듬성 손으로 잘라 만든

묵 한 대접에

잘 익은 막걸리 한 사발을

벌컥 마시고 나니

발끝 아래 저곳은

내 세상이로구나.

연보라색 쑥부쟁이

어린아이 얼굴을 닮았고

차가운 바람 불자

산마루 잡목들이

형형색색 고운 물감으로

변해 가는 곳

바람 불어 좋은 날

억새풀 꽃 하모니 들어보세요.

일상에 힘든 짐 잠시 벗어두고

헤이즐넛 향이 퍼지는
배냇골하우스 찻집에서
이름도 모르는 늙은 가수
가을노래 들어보세요.
배냇골하우스 찻집 뒤뜰에
고운 단풍 예쁜 단풍
가을이 익어 간다.

(가지산* : 경남 도립공원에 있음)

인생 I

천 년을 살겠는가?

만 년을 살겠는가?

공수래 공수거 인생인 것을.

불로장생 무병장수

그리도 빌었건만

생로병사 고해 속에

육신은 늙어 가고

그 누구인들

이 한세상

영락으로 살았더냐?

어제인가, 며칠이 지난

그 그제인가

푸른 청춘의 몸이었건만

얼굴에 덕지덕지

저승꽃이 피었구나.
이 세상엔
늙은 종자 젊은 종자
따로 없더라!
어디서 왔다 어디로 가나?
황혼에 이르러
삶의 여로 뒤돌아보니
아들딸 자식 곱게 키웠는데
이제는 강아지새끼처럼
뿔뿔이 흩어지고
삶과 죽음의 긴 여정 앞에
슬프구나.
모든 것은 선택된 자들의
고통인 것을
지금 이 세상에
존재한 이유만으로
남아 있는 생
작은 흔적 남기고 가리.

인생 Ⅱ

간다 간다 나는 간다.
명전 공포 앞세우고
꽃상여 타고 간다.
한 많고 원도 많은
이승 업보 떨쳐 두고
다시 못 올
황천(皇天)길을 간다.
이 세상 모든 망자들
황천으로 가고 싶겠지
하나님 계신다는
천상 가는 길 아무나 가나
험한 세상 태어나
죄를 안 지은 사람
그 누구더냐?

죄 지은 자

황천(皇天) 가긴 다 틀렸네.

황천(皇天)이 아니라

황천(黃泉)도 아닌 황천(荒川)길

거친 강물 건너

다시 못 올 그 길도 아니요

구천(九泉)길에

아이고 데이고 서러워라.

이 한세상 살면서

마누라 자식새끼 일가친척

그 많은 친구 두고

다시는 못 올 구천을

길동무 하나 없이

황천(黃泉) 가는 길인데

흙에서 태어나

흙으로 가는 진리(眞理)

그걸 모르고 살았더냐?

땅으로 내려가는 구천길

그 누구 피할쏘냐!

공수래 공수거 필연인 걸

서러운 인생살이
무엇을 남겼는가.
황천의 문턱에서
돌이켜 생각해 보니
슬프구나.
떠나간 사람을 그리워하는
맑은 영혼의 슬픔을
아는지 모르는지
상여꾼 만가(輓歌) 부른다.
허이허 허허이어
어나리 넘자 너와 나
인제 가면 언제 오나
머나먼 황천(荒川)길.

인생 Ⅲ

이 한세상 살며

악착같이 돈 모아

선경낙원(仙景樂原)에서

불로장생 무병장수

영락으로 살고

자자손손

무궁한 복락(福樂) 누리는 것 보고

천명(天命)을 다하고 죽은 뒤에

만대영화(萬代榮華)

백조일손(百祖一孫) 줄줄이 찾아와서

제삿상 차려줄 줄 알았는데

저승 갈 때 무용지물

악업(惡業)으로 벌어들인 돈

좋은 일에 써보지도 못하고

자손에게 물려주었건만

저승에서 명절날

어렵게 찾아왔더니

가난한 자손들은 모두가

한 자리에 모여 제사를 지내는데

돈 많은 내 자식은 차 밀린다고

명절 수일 전에

조상도 오지 않은 호화로운 묘에

먼저 제사를 올린 뒤

아까운 달러 들고

해외여행 떠나고 없네.

자자손손 하나 없는

나의 묘지에는

까마귀떼가 먹다 남은

북어머리에

구더기만 모여

잔치판이로구나.

동행한 저승사자

아무것도 먹지 못하니

구천(九泉)길에 이내 몸

얼마나 얻어맞을까?
화가 난 저승사자
화풀이를 어이 견딜까.

52

인생 I

천 년을 살겠는가?

만 년을 살겠는가?

공수래 공수거 인생인 것을.

불로장생 무병장수

그리도 빌었건만

생로병사 고해 속에

육신은 늙어 가고

그 누구인들

이 한세상

영락으로 살았더냐?

어제인가, 며칠이 지난

그 그제인가

푸른 청춘의 몸이었건만

얼굴에 덕지덕지

저승꽃이 피었구나.
이 세상엔
늙은 종자 젊은 종자
따로 없더라!
어디서 왔다 어디로 가나?
황혼에 이르러
삶의 여로 뒤돌아보니
아들딸 자식 곱게 키웠는데
이제는 강아지새끼처럼
뿔뿔이 흩어지고
삶과 죽음의 긴 여정 앞에
슬프구나.
모든 것은 선택된 자들의
고통인 것을
지금 이 세상에
존재한 이유만으로
남아 있는 생
작은 흔적 남기고 가리.

53

인생 Ⅱ

간다 간다 나는 간다.
명전 공포 앞세우고
꽃상여 타고 간다.
한 많고 원도 많은
이승 업보 떨쳐 두고
다시 못 올
황천(皇天)길을 간다.
이 세상 모든 망자들
황천으로 가고 싶겠지
하나님 계신다는
천상 가는 길 아무나 가나
험한 세상 태어나
죄를 안 지은 사람
그 누구더냐?

죄 지은 자

황천(皇天) 가긴 다 틀렸네.

황천(皇天)이 아니라

황천(黃泉)도 아닌 황천(荒川)길

거친 강물 건너

다시 못 올 그 길도 아니요

구천(九泉)길에

아이고 데이고 서러워라.

이 한세상 살면서

마누라 자식새끼 일가친척

그 많은 친구 두고

다시는 못 올 구천을

길동무 하나 없이

황천(黃泉) 가는 길인데

흙에서 태어나

흙으로 가는 진리(眞理)

그걸 모르고 살았더냐?

땅으로 내려가는 구천길

그 누구 피할쏘냐!

공수래 공수거 필연인 걸

서러운 인생살이
무엇을 남겼는가.
황천의 문턱에서
돌이켜 생각해 보니
슬프구나.
떠나간 사람을 그리워하는
맑은 영혼의 슬픔을
아는지 모르는지
상여꾼 만가(輓歌) 부른다.
허이허 허허이어
어나리 넘자 너와 나
인제 가면 언제 오나
머나먼 황천(荒川)길.

54

인생 Ⅲ

이 한세상 살며

악착같이 돈 모아

선경낙원(仙景樂原)에서

불로장생 무병장수

영락으로 살고

자자손손

무궁한 복락(福樂) 누리는 것 보고

천명(天命)을 다하고 죽은 뒤에

만대영화(萬代榮華)

백조일손(百祖一孫) 줄줄이 찾아와서

제삿상 차려줄 줄 알았는데

저승 갈 때 무용지물

악업(惡業)으로 벌어들인 돈

좋은 일에 써보지도 못하고

자손에게 물려주었건만

저승에서 명절날

어렵게 찾아왔더니

가난한 자손들은 모두가

한 자리에 모여 제사를 지내는데

돈 많은 내 자식은 차 밀린다고

명절 수일 전에

조상도 오지 않은 호화로운 묘에

먼저 제사를 올린 뒤

아까운 달러 들고

해외여행 떠나고 없네.

자자손손 하나 없는

나의 묘지에는

까마귀떼가 먹다 남은

북어머리에

구더기만 모여

잔치판이로구나.

동행한 저승사자

아무것도 먹지 못하니

구천(九泉)길에 이내 몸

얼마나 얻어맞을까?
화가 난 저승사자
화풀이를 어이 견딜까.

(소설 《저승공화국》 TV 특파원에 수록)

55

인생 Ⅳ

이제야 알았습니다.
인생이란 짧은 여행길에
본래의 내 모습과 삶의 터전은
고행과 질곡의 길이었습니다.
유년시절 꿈꾸었던 것마저
행복으로 가는
나침반이 되어 주질 않았습니다.
때로는 즐거웠고
때로는 슬펐고
때로는 괴로웠고
어떤 때는 따뜻한
삶의 깊이가
알알이 드러나기도 했고
텅 빈 가슴속의 여유는

잃어버린 것들에 대한

그리움이 넘치는

시간이었습니다.

삶과 죽은 짧은 여정 속에

살아가는 인생의 바른길은

세상에 존재(存在)한 이유만으로

삶은 즐길 만하다는 것을

이제야 알았습니다.

56

바다 Ⅲ

추억마저 잠든 긴 여정 앞에
일상에 바쁘게 사느라
사랑이 지나 버린
자리마저 잊어버렸다.
둘이서 만들었던 추억의 자리를
나 혼자 찾아온 포구는
갈매기도 잠들어 쓸쓸하다.
밀물에 떠밀려온 파도는
뱃머리에 부딪혀
새하얀 포말이 흩날리고 있다.
까맣게 잊어버린
망각의 짧은 세월
저무는 달을 보고
맹세도 하였건만

밤마다 변하는 저 달을 보고
믿은 내가 바보인가……
달빛 아래 바닷물은
너무 푸르러 검은색이다.
기다리다 지쳐 버린
가슴의 상처도 저 물빛 같다
포구엔 가로등 졸음에 껌벅이고
슬픔을 아는가
두견(杜鵑)도 울고 있다
멀리 외딴집에서 들려오는
새벽 계명(鷄鳴)에
그리움을 남기고 뒤돌아섰다.

57

이별 Ⅱ

내 곁을 떠난 뒤
잊혀지지 않는
그리운 얼굴을 생각하며
아픈 가슴 안고 살아가는
마음의 입구에서
슬픔 속에 구속되어
여러 날을
그 뜨겁던 사랑의 불꽃을
식히지 못한 가슴 때문에
별이 내리는 창가에 앉아
생각에 잠겨 봅니다.

이슬 머금은 눈망울
똑바로 보지도 못하고

애써 고개 돌려
되돌아온 뒤
몇 날이 지나갔나.
이제 한 발짝 물러나
생각하니
내 가슴속에
그대가 살고 있어
그때 내 가슴에 전염된
행복의 무게를
이제야 느낄 수 있습니다.

58

이별 Ⅲ

실로 밤이 외로운 건
이 밤이 아니라
당신이 주고 간
고독의 밤이기 때문입니다.

밤이 쓸쓸한 건
긴 시간이 아니라
당신을 그리며 지낼
밤이기 때문입니다.

―혼자서 긴 밤이 싫어
　슬프기 때문입니다.

실로 밤이 서러운 건

이 밤이 아니라
당신이 주고 가신
사랑의 아픔 때문입니다.

밤이 잔인한 건
이 밤이 아니라
당신이 주고 간
텅 빈 자리 때문입니다.

―혼자서 긴 밤을 보내는 게
외롭기 때문입니다.

빈자리

그대 목소리가 귓가에 맴도는 것은
다시 만나겠지 라는 허상(虛像) 때문에
보내지 못한 그리움이
방앗간 담장을 못 떠나던 참새같이
추억의 주위를 맴돌고 있습니다.

그대와 손잡고 행복을 빌었던
추억의 자리를 찾아왔는데
무심한 풀벌레만 울고 있습니다.

만나고 헤어지는 만고의 진리 앞에
이별의 슬픔을 가슴에 묻어두고
그대를 잊지 않으려고 맹세하였습니다.

그동안 쌓인 미움 씻어내고
내 앞에 다시 나타나리라 믿었건만
꿈은 허상이었습니다.

다시 만날 수만 있다면
못다한 정과 사랑으로
그대 가슴에 꼭꼭 채워 드리고 싶습니다.

바다 IV

바다가 보이는 언덕에
발을 멈춘다.
은물결 살랑이는
자그마한 예쁜 항구
배 묵는 선착장만 있을 뿐
풍어의 기쁨도
만선의 노래도 없다.
질탕 마셔대던 객주집
삽 작문에 달린 풍경만
불어오는 해풍에
땡그랑 땡그랑 노래한다.

십리 둑 곱게 깔린 들풀
수백 년은 자라서

굵기가 몇 아름 되는
울창한 노송 숲길을 걸어 본다.
갯냄새 물씬 풍기는 바닷가를
혼자 걷기에 너무 쓸쓸하다.
흘러간 기억 속엔
좋은 사람과 걷기도 한 곳
찾아온 바닷가 포구는
옛 그대로인데
이따금 그리워지는 사람 있어
찾는 곳엔
가슴에 채워진
떠난 임 자리잡고 있어
슬픔이 풀릴 때까지
터벅이며 혼자 걸어 본다.

멈춰 버린 시간 때문에
가슴 아리기만 하여
오늘도 나 혼자
배곯은 짐승처럼 방황한다.

그리움 X

게으른 머슴 낮잠 자기 좋을 만한
가랑비가 하루 종일 내리고 있다.

밤 같은 내 가슴을 달래려 마신 술
한 잔 두 잔 늘어간 술잔 때문에
그대는 내 가슴속에 별이 되어
술 취해 꼭지가 돈 머리 위에 맴돈다.

그리움이 취하여 허공을 맴돌다
동트면 사라질 샛별처럼
술 깨면 그대 향한 그리움도 사라지겠지.

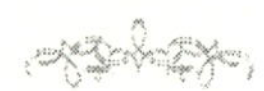

첫사랑 VIII

가슴속 밑바닥에
잠들어 버린 첫사랑
영원히 못 깨울 것 같은
그리운 얼굴을

창틈으로 스며드는
달빛이 깨워 버렸습니다.

별빛 흐르는 창가에 앉아서
그리움으로 덤벙거리는 그대 보고파

수정 같은 눈물 방울 떨구니
별들도 안쓰러워 눈물 흘립니다.

63

고향 Ⅱ

계단식 논두렁을
사타구니 속 불알이
요령소리 나도록
진종일 친구와 놀던 곳에
이젠 나 대신할 아이들도 없다.

사랑방 아궁이에
청솔가지를 밀어 넣고
풀무 돌려 군불 때면
굴뚝에서 처녀귀신처럼
머리 풀고 하늘을 오르던
하얀 연기도 없다.

삼십 리 오일 장터로 오가던

머리에 핑 경 달고
덜거덕거리는 달구지 끌며
씩씩대던 얼룩소도 없다.

집 뒤뜰 남새밭 늙은 감나무에
홍시가 주렁주렁 매달려 있지만
장대로 따주던
할아버지 할머니도 저승 가고 없다.

유년 시절 추억이 잠들어 있는
고향 땅 그곳엔
희미한 기억의 빛바랜
흑백 활동사진도 멈춰 버렸다.

그래도 고향은 나 죽으면
잔디 한 평 덮고 누워 잠들 땅은 있다.

―늙어 죽을 때가 된 이름 모를
　새 한 마리가 구슬프게 울고 있다.

바다 V

세월에 묻어 버린 흔적 찾으려
고향의 작은 포구 길을 나섰다.
물안개 치맛자락 끝 풀잎 이슬방울
수줍은 아침 햇살 빨갛게 물들이고
장엄한 대지마저 잠 깨어난다.

어떤 등미는 손 있어 찾아온 고향 바다
그리움이 스며 있는 풍요로운 넓은 바다는
어머니 품처럼 모든 것을 끌어안는다.

바다는 망망대해 허망할 뿐
그곳에 무엇을 두지도 않았는데
바다는 나의 동경의 대상이 돼
그저 넓은 품이 되어 보듬어 안는다.

바다는 있는 그대로만 내보인다.

보태지도 빼지도 않은 채

외로운 하늘 떠돌다 온 구름마저

아침볕에 생성된 물안개 동무 되어

아슴한 수평선 너머로 분홍 띠 드리우고

잔물결 끝자락을 천천히 밝힐

정오의 태양을 기다린다.

바다 VI

태양빛 따라 수없이 변하는
오묘한 빛의 조화 바닷물
푸른 이랑 끝에 걸려 있는
자연의 빛깔이 만들어 낸
영롱한 오색 무지개를 그리며
연보라빛 첫사랑 꿈들이
하늘 높이 사라져 갔습니다.

푸른 하늘과 푸른 바다 사이를
머나먼 여행길에 지쳐
돌아온 바닷새들이
파도 이랑마다
그리움의 씨앗들을 심어 놓습니다.

나의 꿈 나의 소망은
성난 파도 속으로 휩쓸려 가고
은빛 모래밭에 미련만 남겨둔 채
창공을 향해 사라져 갔습니다.

그러나 이젠
홀로 남은 그림자만
고독한 순례자가 되어
아직도 끝나지 않은 아름다운 첫사랑을
그리움이 다스리고 있습니다.

도공의 혼

흙이어라 물이요

불이어라 도공의 영혼이어라

영혼의 생명체를

불어넣은 흔적이어라

창조주가 인간을 창조할 때

제4의 원소인

흙, 물, 공기, 불 네 가지 중

형상이 있는 흙으로

창조했다는 것을

도공은 알았느니라.

흙과 물을 결합하여

만든 자기(磁器)에는

도공의 혼이 담겨 있다네.

1,300도 소나무 장작불은

낮과 밤 세 날을 타면서

도공의 얼굴을

구릿빛으로 만들고

인고의 세월을 살아온 도공은

천 년 신비 청자의 고운 자태

가슴속에 수만 번을 그렸으리라.

자신의 모태인 흙을

도공은 1,300도 불가마에서

태우고 또 태우며

무명체 흙에서

생명의 흔적을 남기겠노라고……

● 월간 〈동서저널〉 수록. (가야예술 촌) 표구 제작 영구보존.
음각 글자로 도자기 제작.

67

고궁 길

고궁의 벤치에
혼자 앉아 있는 여인
그 무슨 생각에 젖어
석고처럼 앉아 있습니다.

고운 단풍 물들어 가는 가을날
늦은 오후 시간 고궁 쉼터

전화기 귀에 대고
무엇을 속삭이는지
굳은 표정, 밝은 표정, 웃는 표정
알 수가 없습니다.
한 손은 벤치에 대고
피아노 건반을 두들기듯

손가락 움직이며 이야기합니다.

스산한 가을바람에
샛노란 은행잎이
사뿐히 앉는 나비처럼
머리 위에 떨어집니다.
그 모습 꼬마의 나비 머리핀 같습니다.

좋은 소식 들었는지
얼굴에 미소 지며 일어나
레인코드 자락 바람에 펄럭이며
가로수 사이 길을 걸어갑니다.

똑똑 구두 발자국소리
멀리서 들여오는 성당의 종소리
구르는 단풍잎들은
여인을 뒤따르며 거리를 곱게 빗질을 합니다.

여인이 걸음을 멈추고
어둠이 짙어 가는

고궁의 가로등에 기대어
메고 가던 가방 열고
손거울 꺼내 얼굴을 고칩니다.

―사랑하는 사람 만나러 가는지!

68

회갑연에

아버지, 어머니
벌써 이런 자리가 마련되었다는데
감히 자식 된 저희들이
세월은 흐르는 물 같다고
말하기엔 너무나 송구스럽습니다.
어떤 책에서 읽은 기억이 납니다.
인생의 60은 제2의 인생의
시작이라고 쓰여 있었습니다.
삶의 터전 속에서 한 번쯤 뒤돌아보는 순간이고
그동안 살아온 잘못된 삶을
정리해 보는 아름다운 나이라고 합니다.
문득 앞으로 저의 모습을 상상해 보았습니다.
과연 부모님과 같이 훌륭하고 아름답고
풍요로운 삶을 살아 탐스러운 열매가 달려 있을까?

이렇게 되기 위해서는 저희 자식들도

부모님이 살아오신 과정을 보고 듣고

그 교훈을 바탕으로 열심히 살아야 하겠지요.

저희가 늘 지켜보고 생각하는 부모님 모습은

어릴 때는 다정하셨고

유치원 초등학교 다닐 때는

올바른 길의 인도자이셨습니다.

저희들은 사랑의 회초리로 종아리를 맞고 자랐지요.

요즈음 세대에는 별로 볼 수 없는 일일지도 모르지만

과묵하신 것 같으면서도 깊은 정이 많으셨기에

철이 없을 땐 이러하신 부모님의 모습이 어려웠고

저희를 사랑하지 않는다고 생각한 적도 있었는데

결혼해 자식을 낳아 키워보니 어떻게 하는 것이

자식을 진실로 위하는 것인가 생각해 보게 되었고

저희도 모르게 부모님께서 저희에게 하셨던

모든 말씀과 행동을 똑같이 답습하고 있었습니다.

그리고 이 다음 인생의 노을이 짙어져 갈 때

가장 뜻있게 아름답게 인생을 살았다고

생각되는 사람은 과연 누구일까?

아마도 그것은 자식을 얼마만큼 올바르고

인간다운 인간으로 키워 놓았느냐는 것입니다.

물론 명예와 부도 좋지만 그래도 웃어른을 아는

겸손하고 또한 예쁜 마음으로

사랑을 실천할 줄 아는 따뜻한 마음을 가진

자녀를 둔 부모님일 것입니다.

저희 자식들은 부모님을 늘 존경하면서도

자랑스럽게 여기고 있습니다.

육십 평생 삶의 터전에서 자식들을 위해

무거운 짐을 지신 아버지 그 세월 속에 같이

인생의 동반자로 묵묵히 살아오신 어머니,

부모님께 효도와

형제들에게는 후덕한 마음으로 감싸고

주위분들을 위해 열심히 일하시면서

살아오신 세월 돌이켜보면

외로우셨던 때도 많으셨고

너무도 힘들어 짐을 벗어 버리고 싶을 때도

있었을 텐데!

그러한 삶의 질곡 속에서 단 한 번도

저희들에게 약한 모습 보이지 않으시고

인생의 선배이자 올바른 선생님이셨기 때문에

저희가 잘 자랄 수 있었습니다.

이러하신 부모님을 생각하면 가슴이 저리고 아파

눈물을 흘릴 때도 많았습니다.

오늘날까지 가족과 주위분들을 위해

살아오신 보답으로 오늘 하루만이라도

남을 위해서가 아닌 당신 자신들을 위해

모든 것 다 잊으시고 즐겁게 보내시라고

지금 이 자리를 마련하였습니다.

부족한 것이나 실수한 것이 있디라도

어여쁘게 봐주시고 행복한 하루가 되길 바랍니다.

끝으로 이 자리에서 약속드릴 것은

저희 자식들은 앞으로 현명하게 살아가는 모습을

보여드릴 것을 약속드리고

부모님께 드리는 바램은

힘들어 하시는 모습이 아닌

항상 건강하게 웃으시는 모습을 보여주세요.

저희 역시 만인의 귀감이 되는

부모님의 모습을 닮은 자식이 되겠습니다.

부모님!

이제까지 저희를 예쁘게 키워 주신 것

정말 감사드립니다.

174

69

꿈 집

그림을 그립니다.

양지 바른 언덕 위에

저 멀리는 쪽빛 바다와

은물결 살랑대는 물결 위에

갈잎 같은 작은 배를

지평선 끝 닿은 곳에

노을도 그립니다.

억새풀로 지붕을 이은

초가집 위에는

하얀 박도 두 개 그렸습니다.

굴뚝도 그립니다.

저녁 노을 따라가는

연기도 그렸습니다.

댓돌 위에 아기 신발도 두 짝

그리고 토방 위에는
당신과 나의 신발을 그립니다.
마루 밑에 졸고 있는
백구(白狗)놈도 그리고
엄마 따라 나들이 가는
병아리도 그립니다.
마당을 가로지른
기둥과 늙은 감나무에
연결된 빨랫줄에
제비 한 쌍도 그렸습니다.
나지막한 작은 문기둥에
문패를 달았습니다.
열려 있는 작은 문은
그곳으로 들어오는
당신을 기다립니다.
아직까지 문패에는
아무것도 써 있지 않습니다.
그 꿈속의 집 문패에
당신이 날 찾아와
당신과 나의 이름을

써주었으면 합니다.
당신을 처음 본 순간
꿈집을 그리며
문을 열어 놨습니다.
당신이 올 때까지
빗장을 그리지 않고
언제나 열려 있는 꿈집
우리가 행복을 가꿀
꿈집을 그렸습니다.

70

첫사랑 IX

서로를 찾지 말기로 약속했지만
거짓이었습니다.
잊어야지 하는 것이 모순이라면
잊혀지겠지 하는 것은 진정일 텐데
그대에게는 잊혀진 사랑일지라도
왜 나에게는
가슴 깊이 묻어둔 얼굴이
이렇듯 오랜 세월 동안
지워지지 않는 것은
사람들이 말하는
죽기 전에 못 잊는다는
첫사랑이었습니다.
아름다운 그대를 기억한다는 것은
아직도 잊지 못하고

그대를 향한 그리움이
멈추지 않은 까닭입니다.

첫사랑 X

남몰래 삼킨 분노
어이 말을 다 하겠소.
속가슴 적신 눈물
그 누가 알겠소.
원망과 미움의
긴 세월에 한숨 질 때
꿈 같은 그대의 흔적들이
추억 속 유물로 남았습니다.
이룰 수 없어 떠나 버린
그대 때문에
어떤 날 꿈속에서
선명하게 떠오른 그대 얼굴이
흐느끼고 있었소.
꿈속 추억만이라도

간직해 보려고
나는
밤을 향해
천천히 밝아라 말했으나
어둠은
닻을 내리지도 못했는데
새벽은
서둘러 밤을 쫓아 버렸소.
아직은
아직은 다 잊기에
작은 가슴 곳곳에 심어둔
그리움들을
아직은 다 잊기에 이르옵니다.

72

장고

춘향아씨 발걸음에
오이씨 고무신 신고
사뿐사뿐 천상의 선녀들인가.
얼쑤 절쑤 오른발 왼발
무릎 살짝 굽혀 나비 들 듯
앞으로 갔다 뒤로 밀려
개미 같은 허리에
백양목 장고 끈을
어깨 걸쳐 허리에 졸라매고
학 날개 고운 양손
덩—덩 덩 타 쿵타
물레방아 떡방아
올해도 풍년인가
학 날개 나비 날개

덩―덩 덩 타 쿵타
어깨춤이 추어진다.
쿵쿵 덩 타 쿵타
무릎 굽혀 일어서
고개는 끄덕끄덕
머리 위 상모 줄은
회오리바람 갈바람
개미허리 낭창낭창
좌로 돌고 우로 도니
아기 천사 날개인가
어깨춤 덩실덩실
잘했다고 끄덕끄덕
앞으로 넘고 뒤로 넘어
상모 줄은 잘도 넘어가네.
춘향아씨 발걸음
새 각시 고운 자태
앞으로 왔다 뒤로 갔다
신이 나서 얼쑤 얼쑤
바람 났네 신바람 났네.
장고는 신이 났네.

덩—덩 덩 타 쿵타
쿵—쿵 덩 타 쿵타

184

73

대 지

이글거리는 땡볕에
달구어진 대지 위로
땅 끝 저편에서는
어둠이 짙어 옵니다.
해는 작은 산마루 끝에서
머리를 감춥니다.
하루 종일 많은 사연들
모두 모두 품에 안고서
희망찬 내일을 위하여
막을 내리는가 봅니다.
그래서 또 하나의 역사는
뒤로 숨어드나 봅니다.
곧 또 다른 희망을
기다리는 사람들을 위해

대지는 잠들 것입니다.
시간의 여백을 채운 뒤
갖가지 작은 사연들을
큰 가슴에 안고서
밝은 빛을
찬란한 광명을 주기 위해
흐르는 밤 시간 속에서
숨을 고르나 봅니다.

이제 인류의 서광(瑞光)은
대지에 빛나고
수천 수만 수억의 가슴속에
용솟음칠 때
내일의 새 날
우리 모두는
그 찬란한 빛을
기다리고 기다립니다.
그래서 어둠의
밤을 무서워하지 않습니다.
어제보다 또 다른

내일이 있기에
무한의 어둠은
다시 땅 끝자락에서
기다리는 모든
대지의 생명체에게
밝은 빛을
다시 토해 낼 것입니다.

74

배달의 민족

나는 보았다.
숨쉬기도 힘들게 빽빽이 들어찬 지하철 객차 안에서
만삭의 여인이 다가오자 의자에 앉아 있던 모든 승객이
자리에서 일어나 서로 먼저 자리를 양보하는 것을

나는 알았네.
의자에서 일어난 모든 사람들은 자신의 편안함보다
남을 위해 양보하는 따뜻한 피를 가진
세계 유일 단일민족 동방예의지국 단군의 자손임을

나는 보았네.
노인이 지팡이로 청년의 다리를 툭 치자
장신의 거구가 용수철처럼 자리에서 벌떡 일어나
노인 앞에 똑바로 서서 죄송하여 고개 숙인 그 모습을

나는 알았네.
의자에 눈감고 앉아 있던 험상궂은 얼굴의 청년이
경로효친을 모르는 이 땅의 문맹인이 아니었음을
청년이 하는 행동 두 눈으로 똑똑히 보았네.

나는 보았네.
맹추위에 떨고 서 있는 어린아이에게 백발의 촌노가
걸치고 있던 털 코트 벗어 자신의 추위는 아랑곳 않고
떨고 있는 아이에게 코트로 감싸 안는 모습을

나는 배웠네.
대한민국 이 땅의 새싹들인 모든 어린이들은
우리 뒤를 이어갈 이 나라의 주인공들이기에
내 자식 남의 자식 편견 없이 관심을 가져야 한다는 걸
노인의 행동에서 나는 배웠네.

나는 보았네.
휠체어 밀고 가던 장애인이 길턱을 못 오르자
유치원생 꼬마 여섯이 낑낑대며 휠체어 앞을 들어 주고
모두가 손뼉 치며 우리들이 해냈다고 웃는 모습을

나는 기뻤네.
어려운 이웃 보고 작은 힘 서로서로 같이 뭉쳐 살아갈
아름다운 사회를 이끌어 가는 여섯 꼬마 아이들이
태백산 영지에 자리잡은 단군 시조 한 핏줄이어서

나도 했다네.
가파른 고갯길을 넘어갈 때 비지땀을 흘리는
환경미화원 아저씨 짐수레를 밀어 주었더니
햇볕에 타버린 구릿빛 얼굴로 고맙다 인사하네

나는 깨달았네.
이 세상 사회의 모든 질서는 서로 양보하고 공경하고
베풀고 도와주며 마음과 행동으로 실천한다면
밝고 올바른 건강한 사회가 이루어진다는 것을

이러한 우리 민족의 성품을 보고 서양의 한 철학자는
동방의 토끼처럼 생긴 작은 나라가 있는데
이곳에 사는 사람들은
이웃이 슬퍼하면 같이 슬픔을 나누고
즐거운 일이 있으면 같이 즐거워하며

서로 돕고 살면서 남의 나라가 침범하여도

남의 나라를 침범하지 않았으며

흰쌀밥과 구수한 막걸리를 좋아하고

흰옷을 즐겨 입는다 하여

배달의 민족인 우리나라를

동방예의지국이라 불렀습니다.

남새밭 찻집

꼭 한 번쯤 가보거라 하여 갔더라.

낙동강 칠백 리 숨가쁘게 달려온

물 굽이쳐 맴돌고

무척산* 허리춤 억새풀

간지럼 태우고 온 하늬바람 쉬는

산 끝자락 백색 토담 남새밭 찻집

고향집 생각나는 찻집 간판

상치밭 쪽파 밭에 볼일 본

누렁이가 욕 얻어먹던 곳

욕쟁이 할머니 소변 든 요강 들고

호박 구덩이 거름 주는

어릴 때 고향집 옆 텃밭이 생각나네.

찻집 문지방을 넘었더니 나 유년시절

계란찜 만들어 도시락 반찬 담아 주시던

형수 같은 안주인 양볼에

보조개 만들며 인사하네.

보리밥 누룽지 나무주걱

빡빡 밀어 구수한 숭늉 만들던

무쇠 가마솥 옆에는

늦은 밤 귀가길 할머니 손에 들렸던

간드레 호롱불이 중방에 걸려 있고

무명베 모시베 삼베를 짜던 베틀 아래

세월아 가지 마라 이내 청춘 다 간다.

물레야 좌쇠야 빙빙 돌아라.

옛 여인들의 길쌈 노래

무명 모시 삼베실 뽑던 물레도 있고

동지 섣달 긴긴 밤 문풍지 울어대는 사랑방에

동네 머슴 모두 모여

새끼 꼬아 가마니 짜던 나무틀 기둥에

짚세기 팔아 꽃고무신 사서

손녀에게 주려고

해소기침 캑~캑거리며

할부지가 겨우내 엮었을

짚세기가 걸려 있네.

떠꺼머리 총각 장작 지고 장에 갈 때
어깨 멍들게 한 나무지게에
함지박 덩그러니 올려 있고
최부자 집 상머슴 장가들 때 품에 안은
대추나무로 만든 기러기 목각 밑에
호랑이 담배 피던 시절 얘기하며
아이들 올망졸망 앉혀 두고
알밤 구워 주던 무쇠 화로 옆에
옛 여인 필수 혼수 이동변소 놋쇠 요강
담장 넘어 짝사랑 총각 남몰래 훔쳐보고
작은 가슴 쿵쾅거려 얼굴이 빨개지던
이쁜이가 혼인 날 받아두고 가루분통 꺼내
연지곤지 바를 때 보던 앉은뱅이 경대와
어머니 시집올 때 혼수 반닫이 위에
양반 훈장 할부지가 나들이할 때
멋을 부리던 장죽 담뱃대와 통영갓도 있네.
노름방에 찡 박힌 영감한테 화풀이나 하듯
박달나무 홍두깨에 무명천 돌돌 말아
다듬돌에 올려놓고 북어머리 팍팍 패듯
장단 맞춰 사용했던 빨랫방망이 자루에

세월의 더께가 앉아 있네.

장독대에 모여 있던

간장독 된장독 고추장독 소금단지

층층이 쌓여 있는 귀퉁이에

칭얼대는 아가야 포대기에 싸 등에 업고

겉보리 찧었던 절구통 뒤에

절구대 두 개가 밑둥 썩은 장승처럼

삐딱하게 벽을 기대고 서 있네.

달착지근하고 씁쓰레 한 남새밭 전통 차 한 잔

마시고 사립문 나섰더니

홍부 얼굴의 바깥주인

무척산 정상에 고개 내민

해를 보고 나서

더 놀다 가시지 않고 벌써 가느냐며

뒤따라 나서네.

머릿속 나 유년시절

흑백 사진첩 두고 간다 하였더니

무쇠솥뚜껑 같은 큰 손으로 악수 청하네.

도망치듯 가는 내 차를 보며

늙은 저 형님 언제 또 오시려나.

먼지만 자욱한 신작로 바라보며
손짓 인사하였겠지
고향이 그립고 삶에 찌들어 고달프면
내 어릴 적 흑백 사진첩 보려고
다시 한 번 찾아가리.
백구가 졸고 있는
무척산 끝자락 남새밭 찻집을…

(월간 〈동서저널〉 수록)

(*무척산 : 경남 김해시 생림면 소재. 백두산처럼 정상에 못이
있는 곳)

196

76

꿈속 사랑

슬픈 하늘이 눈물을 흘린다.

그리움을 가슴에 새겨 두고

떠나 버린 내 사랑아.

슬픈 이야기보따리 풀릴까 봐

가슴 깊이 숨겨 두고 빗장을 걸었는데

지나치는 시간 속에 허전함이 밀려들어

무언가에 홀린 듯 거리에 나와

뿌연 밤안개가 나래를 편

이정표 없는 낯설지 않은 거리를

정처없이 걸어보니

어젯밤 꿈속에 본 해묵은 얼굴이

졸고 있는 가로등과 오버랩 되어

아직도 날 보고 손짓을 한다.

77

초병의 꿈

중동부전선 104고지
LMG 중기관총 토치카 안
공격 개시 카운트다운의
시간은 다가오는데
적의 고지를 노려보는
초병의 눈은
마치 야수 눈처럼 번득인다.
움켜잡은 M16 소총에
나라의 운명과
자신의 운명을 맡길 뿐인데
전쟁이란 삶과 죽음,
선과 악, 정상과 비정상이
교차하고 초월하는 것
병사는 오로지 승리뿐이다.

이기기 위한 작전은
죽은 자에 대한 연민을
느낄 필요가 없는
냉혈적인 인간이 되지 않고는
치러낼 수가 없는 것인데
피를 말리는 정적의 시간 흘러간다.
인간의 마음의 한계를 뛰어넘는
고뇌와 번민을 해야 하는
고통 속에 힘든 결정을 내려야만 한다.
죽이고 죽는 현장에는
예수님도 부처님도 필요 없다.
전쟁이란 너와 나의
존재마저도 무시하는 것
전우와 총이 필요할 뿐이다.
하나님이 살려줄 것도 아니며
예수님은 사랑하지도 않을 것이며
부처님도 용서하지 않는
죽고 죽이는 악마 같은
인간의 본성만 보여줄 따름이다.
귀를 따갑게 하던 스피커도 잠든

적막한 155마일 휴전선

통한의 휴전선은 산천을

흰눈으로 도배한 설국의 풍광이다.

그 아름다운 설경 속에

죽음의 공포에 떨고 있는 초병들

대치의 미학이라고나 할까,

작전 명령이 떨어지면

돌격해야 하는 병사들

귀청이 떨어져 나갈 듯한

총소리와 함께 전투가 시작될 것이다.

바람을 가르는 M16 소총 소리

악마의 불을 토하고

칭 하고 튀어나오는 탄피 소리

마대를 찢는 듯한

독특한 LMG 중기관총 소리

수류탄 폭음 유탄 발사기 굉음

모든 총구는 불을 토해낼 것이다.

광란의 잔치는 시작될 것인데

적막감이 감도는 휴전선은 말이 없다.

긴장이 심해지면

인간은 이성이 혼동된다.
저승사자인가, 염라대왕인가
새벽 공기를 깨고
공격 개시 카운트다운
돌격 앞으로……

병사들의 행동은 본능처럼 움직인다.
4번 유탄발사기 사수의 총구에서
섬광이 번뜩하는 순간
꽝! 소리와 함께 적 토치카 안에
불길이 확 치솟는다.
천근만근 같은 침묵의 숨소리조차
실종된 태고의 적막감
그 긴장감을 깨고
총소리는 뇌성벽력 같다.
고요함 속에 갈 갈이 흩어지는
광란의 불빛
멈춰 섰던 심장이 다시 뛴다.
파괴의 본능을 자극하는 파편 소리
동시에 콩 볶듯이 쏘아대는

M16 소총 소리
초연이 자욱한 전쟁터
참호 안에서 튀어나오는
적을 향해 저격수의 총알은
적의 심장에 꿰뚫었다.
꽈~과~쾅
일순간 날아간
수류탄이 터지는 소리가
귀청을 울린다.
무차별 사격 뒤에
역겨운 피비린내가 코끝을 자극한다.
차마 눈 뜨고 못 볼 모습들
백야의 초승달빛 아래
갈갈이 찢겨진 시체들이
섬뜩하게 보이는 전쟁터
누구를 위한 전쟁인가
같은 피를 나눈 동족끼리
주인 없는 철모가 나뒹굴고
이름 모를 비목이 세워질 곳
병사는 뒤척인다.

아~ 휴전선의 초병이
악몽을 꾸었구나.
하나님
분단의 조국 땅에
통일의 기쁨을 주소서.
대자대비하신 부처님
이 민족에게 이산가족의
상처를 아물게 하는
자비를 베푸소서.
희망찬 새 천년 휴전선
초병의 소원 들어 주소서.

그리움 XI

굽이굽이 돌아가는 해안 끝 풍경

작은 파도 속에 목을 내밀고

두둥실 떠 있는 섬들 사이로

바닷물은 졸음에 졸고 있다.

질펀한 개펄도 아니고

고운 모래가 융단처럼 깔려 있는 곳도 아니다.

고만 고만한 자갈들이 깔려 있는 곳을 지나니

낯익은 그리움이 나를 반긴다.

스쳐가듯 그대가 돌아올 수 없는 길을 떠난 곳엔

늙은 활엽수가 그루 발치에다

고엽(枯葉)을 흩뿌리고 있다.

은빛 모래사장 위엔 바람도 거칠지 않게 살랑거릴 뿐

바닷가를 거니는 연인들 발자국 찍는 소리보다

숨 죽인 파도소리는 크지 않아 조용하다.

혼자 걷기엔 너무나 쓸쓸한 바닷가
해묵은 그리움을 뒤로 한 귀향길엔
언제나 석양은 그리움과 긴 그림자가 되어 뒤를 따라왔다.

79

신어산

쳐다보고 또 다시 쳐다보아도
신어산은 거칠고 높아
나는 새도 높은 산봉우리에
놀라 울며 나래치더라.
미끄러지는 바람결에
억만 년을 깎인 기암절벽
산봉우리들은
소리치면 낮아지려나.

연봉은 그늘에 잠겨
너무 드러내지 않아
기품이 있는 신어산
품속에 안겨 있는 늙은 은하사.

사시불공 종소리에
낮잠 깬 산부엉이
수연(水煙)이 지붕 덮은
산신각 처마 밑을 스쳐 날아
위험하게 돌난간에 앉으려다
다시 나래쳐
북녘 하늘 아스라이 가물거리더니
신어산 뒤로 점 되어 사라지더라.

약 력 (현재)

1948년 전남 승주 출생

麥 醉 : 강 평 원

한국소설가 협회회원

경남 문인협회 회원

재야사학자

월간동서저널 편집위원

김해 문인협회 회원

소설가협회 중앙위원(역임)

뉴스매거진 편집의원

上古史회원

월간곰두리 편집위원

저 서

《애기하사 꼬마하사 병영일기》(1999년 / 선경출판사 / 전2권)

《저승공화국 TV특파원》(2000년 / 민미디어 / 전2권)

《쌍어속의 가야사》(2000년 / 생각하는 백성 / 432페이지)

《짬밥별곡》(2001년 / 생각하는 백성 / 전3권)

《늙어가는 고향》(2001년 / 생각하는 백성)

《북파공작원》(2002년 / 선영사 / 전2권)

《지리산 킬링필드》(2003년 / 선영사 / 400페이지)

《아리랑 시원지를 찾아서》(2004년 / 청어 / 350페이지)

《임나가야》(2005년 / 뿌리 / 375페이지)

《신들의 재판》(2005년 / 뿌리 / 336페이지)

단　편 : 〈전쟁의 광기〉, 〈견벽청야〉, 〈길〉, 〈귀향〉, 〈아내와 가
　　　　끔 춤을 추자〉, 〈보도연맹〉, 〈문학작품속의 성〉, 〈타임
　　　　머신 논산훈련소〉

주　　소 : 경남 김해시 구산동 대동 아파트 1동 805호

핸드폰 : 011-9514-6364

E-mail : kangp48@hanmail.net

사랑노래, 그 대중성

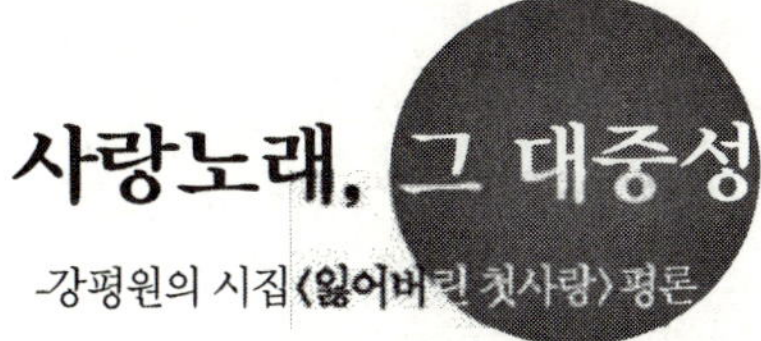

-강평원의 시집 〈잃어버린 첫사랑〉 평론

하 길 남
〈시인, 한국문학비평가협회 이사〉

1 _에필로그

　　　　　　　　　　　　　　　　　　　　　　우리가 잘 알다
시피 시는 외형적인 운율을 중요시하는 음악성과, 상상력에 의
한 언어의 그림을 그리는 회화성을 지니고 있다. 그러나 점차
귀로 듣는 음악에서 눈으로 보는 회화성으로 이동해 온 것은,
1912년 E. 파운드가 주동이 된 이미지즘 운동이 일어난 이후부
터다. 그러나 강평원 시인은 회화성보다 음악성에 위탁하고
있는 것을 보게 된다.

그것은 사랑노래가 바로 음악성이기 때문이다. 물론 이미지
즘 시로도 얼마든지 사랑을 노래할 수 있다. 그러나 겉으로 신
이 날 수는 없는 것이 아닌가. 장단을 맞출 수 없으니 말이다.
내적 장단을 이야기할 수 있겠지만 그것은 얼마나 어려운가.
그래서 화자는 소설가로서 일찍 '남의 밥상을 넘보는 것 같기
도 하고' 라고 말하면서, 시에는 문외한이라는 것을 애써 강조

하고 있는 것이다. 그리고 '작가의 말에서, '한 술 더 떠, '성숙된 글이 아니라' 고 실토하고 있는 것을 보게 된다.

뿐만 아니라, 출판사의 요구대로 팔리는 책, 쉽게 쓰여진 대중적 시를 쓰려니 '운문인지 산문인지 구분 안 될 정도로 밋밋한 글이 되었다' 고 술회하고 있다. 일반 독자를 위한 쉬운시를 쓰다보니 시적 형상화라는 과정을 거치지 못했다는 이야기가 된다. 즉 문학성이라기보다 대중성, 상업성을 중시하게 되었다는 이야기다.

우리는 소설에 있어서 문예소설이나 대중소설을 구분해서 말하는 경우를 가끔 보게 된다. 비근한 예로 방인근의 소설을 우리는 대중소설이라고 일컬어 왔다. 수필에 있어서도 문예수필이나   생활수필로 구분하는 것이 일반적이다. 그렇다면 시의 경우도 문예시나 대중시로 분류해서 안 된다는 독단은 성립될 수 없는 것이 아닌가. 아무튼 화자의 노래하는 시, 그 사랑 노래가 비련(悲戀)이었기에, 그 부제가 '슬픔을 눈 밑에 그릴 뿐' 이라고 했던 것이다.

2 _ 사랑, 그 비련(悲戀)의 노래

우리는 흔히 못 이룰 사랑을 비련이라고
한다. 이는 짝사랑을 연상하게 마련이다. 어느 한 쪽은 사랑을
하는 데, 그 반대쪽은 그 사랑을 받아주지 못하는 경우를 말하
게 된다. 이 때 그 원인은 여러 가지다. 한 쪽이 영 마음이 내키
지 않는 경우 즉 나는 싫은 데도 상대는 목숨 걸고 사랑한다는
대결국면이다. 그러나 비록 그런 경우라 할지라도 한 쪽이 너
무 적극적이며 헌신적으로 사랑을 하기 때문에 마침내 그 사랑
을 뿌리칠 수가 없이 종국에는 서로 사랑하게 되는 예도 없잖
다. 물론 이런 경우는 이상적이라고 할 수 있을 것이다. 그러나
이른바 스토킹이라는 말이 말해주듯 일방적으로 사람을 괴롭
히게 되는 예도 없지 않다.

그러나 음밀히 따져보면 사랑을 못할 이유는 없다고 생각된

다. 사람의 마음은 절대 자유가 아닌가. 아무리 현실적이 제약이 있다하더라도 정신적으로 사랑하게 되는 것을 막을 수는 없는 일이다. 육체가 따르지 않는 사랑을 실질적으로 완전한 사랑이라고 할 수 없다면 몰라도 그렇지 않다면 사랑을 못할 이유가 어디 있겠는가. 시인 청마 선생이 이영도 시조시인을 사랑했듯이 말이다. 이런 사실을 두고 비련이라고 할 수는 없는 일이다. 그것은 이미 확실한 사랑의 승리가 아닌가. 그러나 화자의 경우 늘 사랑이 '비련의 곡' 으로 묘사되고 있는 것을 보게 된다.

나 따스한 당신의 손 놓아줄 때
안녕이란 말을 남기고 돌아서는 눈가에
작은 눈물 힘을 보았습니다.
고개 숙인 채 길가 작은 돌 걷어차며
걸어가는 뒷모습
봄비 맞은 병아리 날개처럼
두 어깨 축 늘어뜨리고
뒤돌아보지 않은 채
신작로를 걸어간 뒤, 여러 날이 지난 후
꿈과 첫사랑은 이루어질 수 없어

더욱 아름답다는 말은 거짓인 줄 알았어요.

―〈잃어버린 첫사랑〉에서.

이 시는 비련의 극치를 말하고 있다 해도 좋을 것이다. 헤어지면서 '안녕' 이란 슬픈 곡조이기 때문이다. 안으로 맺힌 눈물이 어찌 서럽지 않겠는가. 그런 까닭에 '꿈과 첫사랑은 이루어질 수 없어 더욱 아름답다는 말은 거짓' 이라고 말하게 되는 것이다. 적어도 오늘날에 있어서는 그 상상병이란 것도 없어진지 오래가 아닌가. 애틋함이나 아가패적 사랑은 옛날 이야기가 되었는지도 모른다. 마음만 가고 몸이 따르지 않는 사랑은 미완성이라고들 한다. 그러나 사랑의 정의는 사람마다 다르다고 할 수밖에 없는 것이다.

잊으려, 잊으려고 애를 쓰지만
그리움은 암세포처럼
마음 한 구석에 증식해 나감은 어찌 하오리
또 다른 변명과 모순은
이 애틋함과 슬픔으로 가득 찬 시린 가슴속에
그 아픈 첫사랑이 그리워져 옵니다.

―〈잃어버린 첫사랑〉에서.

사랑이란 것은 잊어려 한다고 해서 잊어지는 것이 아님은 더 말할 것도 없다. 의지를 초월하는 것이 사랑이기 때문이다. 그래서 사랑은 암세포처럼 증식해 나가는 것이다. 그러나 굳이 잊으려할 필요가 없는 것이 사랑이라 하겠다. 잊으려 해도 잊을 수 없을 뿐 아니라, 사랑한다고 해서 죄가 될 일은 아니기 때문이다. 사랑도 여러 가지 종류가 있다 하겠다. 부모가 자식을 사랑하는 경우, 연인간의 사랑, 부부간의 사랑, 자식들이 부모를 사랑하는 경우 등등 그 종류도 많다. 그러나 사랑하는 마음 그 자체는 같다 하겠다.

잊지도 못하면서 이별 편지를 쓰던 밤이
아득히 멀어져 보이는 그리움의 세월에
이젠 잊었나 보다 하고 창가에 서 보면
푸른 하늘처럼 고운 그대 두 눈이
밤하늘 숲을 가꾸며 허공에 떠 있습니다.

사랑한다는 말 한마디 못하고
안녕이란 마지막 이별의 말이
추억이 되어 버린 이 시간
이젠 지나간 일이지 하고 눈을 감으면

밤 같은 내 가슴 속에 박힌 그대 별들이

그리움을 되새김질하며

달을 동무 삼아 도란거리며 살아가고 있습니다.
―〈편지〉전문.

‘사랑한다 말 한 마디 못하고 / 안녕이란 마지막 이별의 말이 / 추억이 되어버린 시간,’ 그렇다. ‘사랑한다’ 는 말 한 마디를 못했다는 것이 요즘 세상에서는 잘 믿어지지 않을는지 모른다. 그래서 시가 되는 것인지도 모를 일이다. 이 시는 화자의 고백이 아니라도 좋다. 굳이 화자 자신의 시적 체험에서 온 것이 아니라도 만인의 체험들이 아닌가. 그래서 시적 체험이 되고 시가 되는 것이다. 이러한 표현들은 시 〈그리움 1〉에서 ‘안개비 내리는 찻집 창가에서 / 외로움에 온몸 웅크리고 앉아 / 처마 끝에 떨어지는 빗방울을 / 그리움 사람의 발걸음이라 생각하며 / 잠겨둔 가슴의 빗장을 잠시 열어 봅니다...내 이름 부르며 다가오고 있다면 / 이토록 사무친 그리움은 없을 것입니다.’ 에서도 보게 된다. 뿐만 아니라, 시 〈순천만 포구〉에서는 ‘오늘도 그리움의 여인아 / 너를 만나지 못해 너무나 쓸쓸하다 / 살―각 거리는 갈대들의 울음소리에 / 너를 향한 그리움의 둑이 터져 버렸다’ 고 고백하고 있다. 그러나 이 비련의 눈동자

219

는 다음의 시에서 극명하게 그려진다.

　단 한번도 사랑한다고
　고백하지 못했는데
　찾아가지도 않는 추억의 끝자락
　그 어디서 불현듯 나타나
　잠 못 이루는 이 밤에

-〈첫사랑 2〉에서.

　'단 한번도 사랑한다고 / 고백하지 못했는데' 도 그토록 괴로워야 한다는 순수는 무엇을 말하는가. 우리는 너무 사랑하기 때문에 오히려 기피해야 했던 서러운 사연들을 기억하고 있다. 저 현해탄에서 정사하고 만 윤심덕의 경우가 그렇다. 너무 사랑하기 때문에 살아가면서 혹시 그 사랑에 흠이 갈까 두려워하여, 바다 속에 몸을 던지지 않을 수 없었던 사연을 말이다. 그러나 화자는 한 걸음 더 나아가 '고백조차 못한 채 그리워해야 하는 사연' 은 너무 처절하다 하겠다. 이러한 곡절들이 다름아닌 화자의 사랑시, 그 비련의 극치인 것이다.

220

3 _달관과 인생여정

　　　　　　　　　　사랑이란 바로 인생을 인생답게 하는 마음의 단련이 아니겠는가. 그래서 사랑은 바로 인생의 한 표현이 되는 것이다. 사랑이란 것이 따로 있는 것이 아니요, 인생은 바로 사랑의 항해인 것이다. 사랑 때문에 행복하다면 역시 사랑 때문에 괴로울 수밖에 없는 것이 인생인 것이다. 마냥 사랑이 기쁜일 일 수 없는 것은 인생 그 자체가 갖고 있는 태생적 운명인 것이다. 괴로움이 있기 때문에 기쁨도 있는 것이 아니겠는가. 이 세상에서 괴로움이 없고 기쁨만 있다면 사실상 기쁨을 못 느낄 것이다. 괴로움을 느낄 수 있는 까닭에 기쁨을 체험할 수 있는 것이라 하겠다. 음지가 없다면 양지가 없듯이 말이다. 그것이 음양의 조화인 것이다.

어차피 인생이란
이별의 연속이 아니던가요

—〈인연〉에서.

천년을 살겠는가?
만년을 살겠는가?
공수래공수거 인생인 것을
불로장생 무병장수
그리도 빌었건만
생로병사 고해 속에
육신은 늙어가고
그 누군들
이 한 세상
영락으로 살았더냐?
〈중 략〉
이 세상엔
늙은 종자 젊은 종자
따로 없더라!
어디서 왔다 어디로 가나
아들딸 자식 곱게 키웠는데

이제는 강아지새끼처럼

뽈뽈이 흩어지고

삶과 죽음의 긴 여정 앞에

슬프구나

모든 것을

지금 이 세상에

존재한 이유만으로

남아 있는 생

작은 흔적 남기고 가리.

<인생 1>에서.

간다간다 나는 간다. / 명전 공포 앞세우고 / 나는 간다. / 한 많고 원도 많은 / 이승 업보 떨쳐두고 / 다시 못 올 / 황천길을 간다. / (중략) / 마누라 자식새끼 일가 친척/ 그 많은 친구 두고 / 다시는 못 올 구천을 / 길동무 하나 없이 / 황천가는 길인데 / 흙에서 태어나 / 흙으로 가는 진리 / 그걸 모르고 살았더냐?/ (중략) / 서러운 인생살이 / 무엇을 남겼는가 / 황천 문턱에서 / 돌이켜 생각해 보니 / 슬프구나.

<인생 2>에서.

이 한 세상 살며

악착같이 돈 모아

선경낙원(仙景樂園)에서

불로장생 무병장수

영락으로 살고

자자손손

무궁한 복락 누리는 것 보고

천명 다하고 죽은 뒤에

만대영화(萬代榮華)

백조 일손(百祖—孫) 줄줄이 찾아와서

제사상 차려줄 줄 알았는데

저승 갈 때 무용지물

악업으로 벌어들인 돈

좋은 일에 써보지도 못하고

자손에게 물려주었건만

저승에서 명절날

어렵게 찾아왔더니

해외여행 떠나고 없네.

(하략)

—〈인생 3〉에서.

때로는 즐거웠고

때로는 슬펐고

때로는 괴로웠고

어떤 때는 따뜻한

(중략)

세상에 존재하는 이유만으로

삶은 즐길 만하다는 것을

이제야 알았습니다.

−〈인생 4〉에서.

인용이 좀 길어졌지만, 내용은 다음과 같이 요약되어 있는 것을 보게 된다. (1)인생은 고해(苦海)라는 것과 (2)인생은 허무하고 슬픈 운명체라는 것과 (3)그러나 그 속에서 때로는 기쁠 때도 있으니 (4)이렇게 존재하는 것만으로 삶은 즐길 만하다는 것이다. (5)그리고 그러한 사실을 체득하기 까지, 마침내 오래 살아보니 깨닫게 되더라는 것이다. (6)그것이 존재의 이유라는 것이다.

참으로 어쩌면 달관한 인생관이라 하겠다. 있는 그대로 사는 것이 곧 인생이고 인생살이이고, 인간 존재의 이유라는 소박한 인생관을 견지하고 있는 것을 알게 된다. 옛날 어느 분이 인생

이란 무엇이며 어떻게 사는 것이 가장 잘 사는 것인가 하고 도
인을 찾아가서 물어보니, '내가 지금까지 살아온 길 이것이 바
로 내 인생' 이라고 했던 일화를 되새기게 하는 것이 아닌가.

4 _부모, 그 사향의 정

나 자신을 생각하면 부모가 그
러워지고 부모가 그리워지면, 자연 고향을 떠올리게 된다. 그
것이 요람의 정인 것이다. 그래서 대지(大地)는 어머니의 품이
라고 했다. 그런 까닭에 '고향 까마귀만 보아도 반갑다'는 말
이 나왔는가 하면, 알을 낳을 때는 어김없이 고향을 찾는 연어
이야기가 등장하는 것이 아니겠는가. 그래서 화자는 〈쓸쓸한
고향 길〉이란 제목으로 무려 4백 29행에 이르는 장시를 발표
하고 있다. 이 시에는 '어머니'라는 호칭도 3십 여회나 나온
다. 이러한 사실만 보아도 이 시가 어머니에 대한 거대한 사모
곡이 된다는 것을 알게 된다.

어머니
현세에 없는 어머니!
당신의 이름을 불러 봅니다.
영혼의 이름을
객지에 떠돌다 어쩌다
명절 때면 고향을 찾아 갑니다.
그러나 올해는 발걸음이 너무나 무겁습니다.
이맘때면 어머니는
객지로 훌훌이 흩어져 날아간
민들레 씨앗처럼
어머니 품을 떠나갔던 자식들이
자신들의 모태를
찾아오리라는 믿음으로
세월의 햇볕에 타버린
구릿빛 얼굴로
당신의 씨앗들을
동구 밖 정자나무 밑에서
하염없이 기다렸지요

—〈쓸쓸한 고향 길〉에서.

　이 세상의 어머니들은 모두 천사다. 모진 어머니들 이야기가 가끔 들러오기도 하지만, 그것은 아마 정신적이거나 환경적인 요인 때문일 것이다. 사실상 이 세상에 나쁜 어머니가 어디 있겠는가. 이 어머니를 다룬 고향시 또한 우리가 아는 어머니에 대한 모든 것을 쏟아놓고 있다.

　그런 어머니에 대하여 우리가 사실 글로서 어떻게 다 표현할 수 있겠는가. 이 세상의 사람들이 할 수 있는 모든 찬사를 다 모아 놓는다 해도, 어머니의 참사랑에 대해 표현하는 것은 불가능할 것이다. 그런데 우리는 화자의 이 시에서,

잠시 잠깐 서는 번개장터에서
이고 간 야채들을 팝니다.
야채 판 돈을 꼭 손에 쥐고
몸 빼 바지 펄럭이며
어물전을 찾아가
싱싱한 횟감과
낙지 몇 마리를 사 들고
바쁜 걸음으로 집으로 향합니다.

–〈쓸쓸한 고향 길〉에서.

이 구절은 독자들의 마음을 숙연하게 한다. '번개시장에서 야채장사를 해가면서 집안 살림을 꾸려가는 어머니'가 눈물겹기 때문이다. 진정 여기서도 우리들은 위대한 어머님상을 보게 되는 것이다. 화자의 어머니상과 아울려 아버지상 또한 우리들에게 다시 한번 긴 회상의 여로에 젖게 한다.

저희 자식들도 / 부모님이 살아오신 과정을 보고 듣고 / 그 교훈을 바탕으로 열심히 살아야 하겠지요. / 저희가 늘 지켜보고 생각하는 부모님 모습은 / 어릴 때는 다정하셨고 / 유치원 초등학교 다닐 때는 / 올바른 길의 인도자이셨습니다. / 저희들을 사랑의 회초리로 종아리를 맞고 자랐지요. (중략) 저희 역시 만인의 귀감이 되는 / 부모님의 모습을 닮은 자식이 되겠습니다. / 부모님! / 이제까지 저희를 예쁘게 키워주신 것 / 정말 감사드립니다.

-〈회갑연에〉에서.

예부터 부모님에게 편지를 쓸 때는 반드시 끝에 '불초(不肖)'란 말을 썼다. 이 말은 바로 '부모님을 닮지 못해 죄스럽다'는 말이 아닌가. 그러나 요즘은 자식을 죽이는 부모 이야기가 들려오는가 하면, 부모를 죽인 자식 이야기도 들려온다. 아직도 우리들은 자식을 낳아 공부시키고, 결혼시켜주고, 집을 사주거나 전세도 얻어주고, 손자도 길러준다. 그렇기 때문에 부자간에 죽음을 불러오는 일도 있게 되는 것이다. 서양 같은 나라에서는 고등학교 정도만 공부시켜 놓으면 제 발로 집을 나가서 스스로 자립한다. 그 곳에는 부모 자식 간에 살인을 부르는 경우는 거의 없다 한다. 사람들은 서로 오랜 기간, 같이 치대가 보면 갈등이 생기게 마련이다. 왜 가장 가까운 부부끼리 다툼이 잦겠는가.

　이 시를 읽으면서, 요즘 부모를 기리면서 이렇게 길고 긴, 장시를 쓰는 이가 있다는 것만으로 우리는 큰 위안을 받아야 할 것이 아닌가 하고 생각하게 된다.

5 _애국시와 묘사시

화자는 대단히 긍정적인 사고를 하고 있는 사람이라는 것을
우리는 그의 시를 통해 알 수 있다. 일상의 조그마한 사실들을
매우 긍정적으로 해석하고 있기 때문이다. 그런 시들 중 〈배달
의 민족〉이라는 시를 보면, 그 시의 기법이 유사 반복형으로
되어 있는데, 화자의 시 중에서 좀 특이한 편이다.

나는 보았다.
숨쉬기도 힘들게 빽빽이 들어찬 지하철 객차 안에서
만삭의 여인이 다가오자 의자에 앉아있던 모든 승객이
자리에서 일어나 서로 먼저 자리를 양자하는 것을

나는 알았네.

의자에서 일어난 모든 사람들은 자기의 편안함보다
남을 위해 양보하는 따뜻한 피를 가진
세계 유일 단일민족 동방예의지국 단군의 자손임을

나는 보았네
노인이 지팡이로 청년의 다리를 툭 치자
장신의 거구가 용수철처럼 자리에서 벌떡 일어나
노인 앞에 똑바로 서서 죄송하여 고개 숙인 그 모습을
                                  −〈배달의 민족〉에서.

이 시는 계속해서 첫 줄을 '나는 배웠네', '나는 기뻤네', '나도 했다네', '나는 깨닭았네', '나는 닮았네' 등으로 첫 행을 2, 5음이나, 2, 6음으로 견지하면서 유사 반복하고 있는 것을 보게 된다. 이러한 장단들은 우리 나라를 노래하면서, 그 유구한 역사를 상징할 뿐 아니라 면면히 이어갈 발전적 기상을 염원하는 가락이 되고 있는 것을 알게 된다.

분단의 조국 땅에
통일의 기쁨 주소서
대자 대비하신 부처님

이 민족에게 이산가족의
상처를 아물게 하는
자비를 베푸소서.
희망찬 새 천년 휴전선
초병의 소리 들어 주소서.

-〈초병의 꿈〉에서.

이 시는 말할 것도 없이 우리 나라 전 국민이 불철주야 염원하고 있는 조국 통일의 염원한 노래한 것이다. 화자의 절절한 통일에의 염원이 서려있다. '이웃이 슬퍼하면 같이 슬픔을 나누고 / 즐거운 일이 있으면 같이 즐거워하며' 살아온 착하고 착한 우리 민족의 순수한 정신을 노래하고 있다.

춘향아씨 발걸음에
오이씨 고무신 신고
사뿐사뿐 천상의 선녀들인가
얼쑤 얼쑤 오른발 왼발
무릎 살짝 굽혀 나비 들 듯
앞으로 갔다 뒤로 밀며
개미 같은 허리에

어깨 걸쳐 허리에

백양목 장고 끈을

어깨 걸쳐 허리에 졸라매고

학 날개 고운 양손

덩-덩 덩 타 쿵타

물레방아 떡방아

올해도 풍년인가

학 날개 나비날개

덩-덩 덩 타 쿵타

어깨춤이 추어진다

-〈장고〉에서.

춤추는 모습에 따라 장고가 장단을 맞추고 있다. 춤을 따라 시는 그대로 묘사하고 있는 것을 보게 된다. 이런 묘사시는 독자들에게 실감(實感)을 주게 마련이다. 이 시는 다른 시들에 비해 공감의 폭이 넓을 뿐 아니라, 그 수준을 가름하는 계기가 된다 해도 좋을 것이다. 지금까지 인용한 여타 시들과 비교해 보면 독자들은 한 눈에 그 사실을 알게 되는 것이다. 사실상 시는 바로 정밀한 한 편의 묘사인 것이다.

6 _마무리

오랜 만에 흥얼거려보는 시, 노래하는 시를 읽으면서 웃어본다. 지금은 좀 시가 쉬워졌다는 말도 있지만, 대체로 시라고 하면 서두에서 언급했듯이 무슨 은유법이다, 싱징이다, 강조법이다, 변화법이다, 언어의 사물화다, 폭력적 결합이다, 낯설게하기다 등등 긴장이 되는 것이 상례가 아니었던가.

그렇다. 화자는 시를 썼다기보다 스스로의 술회대로 가히 대중가요의 가사를 써내려갔던 셈이다. 그것이 시적 즐거움을 주는 가장 가깝고 손쉬운 방법이었기 때문이다. 그런 면에서 이 시는 나름대로 평가 받을 것이라 여겨진다. 이를 바탕으로 앞으로는 시적 기법을 살린 시도 많이 써서 시단에 힘이 보태지기를 바라는 마음 간절하다.